朧月書版

朧月書版

反派吸血鬼的求生哲學
3
Author 草草泥
Illust. 阿蟬

Contents

Chapter.1 吸血鬼的冬天

一名年幼的吸血鬼男孩待在陰暗的角落，他蜷縮著身子，頭埋在膝蓋裡，發出隱忍的哭聲。

長衫底下盡是怵目驚心的血痕與瘀青，儘管這些皮肉傷帶來火辣辣的疼，但經過一晚就會消失，一點痕跡都不會留下。在他傷好之前不能見任何人，可一旦好了，父親又會在他身上留下新的傷口。

他感到不甘與恐懼，偏偏他擁有放大情緒的能力，這個受詛咒的能力總是影響到他自己，男孩每天都活在地獄裡。

此時，有人推開他的臥房大門，一道刺眼的光芒從門縫闖進來，刺痛他的雙眼。門口的男孩站在朦朧的白光中，與他四目交接。

「加雷特，你還好嗎？」

聽見這個熟悉的嗓音，男孩身體微微一顫，哽咽著開口了：「歐米爾。」

歐米爾是他的哥哥，也是這個家裡唯一會關心他的人。與陰沉的他不同，歐米爾是位擁有天使臉蛋和澄澈紅眸的吸血鬼男孩。

歐米爾悄悄關上門，朝加雷特攤開雙手。

加雷特跌跌撞撞地站起身，撲到自家兄長懷裡放聲大哭。

「我不是故意的，歐米爾。我、我沒有想使用能力……可是我控制不住……」

「我知道。」歐米爾伸出白嫩無暇的小手，輕撫加雷特的後腦。「畢竟使用那個能力，最痛苦的是你自己啊。」

「嗚啊啊……」吸血鬼男孩悲從中來，哭得差點喘不過氣。情緒共振能力將他的悲傷強化了好幾倍，男孩好不容易在哥哥的引導下深吸幾口氣，最後總算平靜下來。

「不要哭，加雷特。哥哥會拯救你的。」歐米爾的聲音宛若一張溫暖的毯子，將加雷特緊緊裹住。

小加雷特縮在哥哥懷裡，昏昏沉沉地閉上眼睛，治癒傷口耗盡了他所有魔力。

他的手緊緊揪著歐米爾的衣角，眼前的吸血鬼是地獄裡唯一的希望。

「哥哥什麼時候才能成為家主呢？」只要歐米爾成為蓋布爾家的家主，他就能從這個地獄裡解脫了，每當加雷特遭受皮肉之苦時，他總是這麼說服自己。

「很快的，加雷特。哥哥很快就會把爸爸從家主位置拉下來，成為蓋布爾家的家主。」歐米爾輕拍他的後背。「不要怕，哥哥會拯救你，還有其他蓋布爾領地的居民。哥哥會讓所有人都得到解脫的。」

在他的溫聲安撫下，小吸血鬼沉沉睡去。

吸血鬼哥哥在黑暗中傾聽他平穩的呼吸聲，嘴角緩緩上揚了。

＊

加雷特猛然睜開眼睛。

砰一聲，手中的筆落到桌面上，加雷特從打盹中醒來，下意識地看向書桌上的鏡子碎片。

鏡中清晰地映出一個男人的身影。

男人瞪大眼睛，血色的眼睛透著一絲茫然無措，與記憶中那溫柔親切的眉眼相差甚遠。

「怎麼了？」

正在一旁為他整理資料的聖騎士注意到他的異狀，立即停下手上的動作。

「沒事。」鏡中的吸血鬼挪開目光，嘴角勾起一抹自認親切的笑容。「只是作了個白日夢。」

「看起來更像是個噩夢。」聖騎士收回目光，繼續做自己的事。

「你真是說話越來越大膽了。不想要永生了嗎？」

「我是為了重新沐浴在陽光下才自願跟隨你的。」

「這是我聽過最好的笑話了。」吸血鬼諷刺一笑，舉起鏡子碎片，看似隨意地打量鏡中的身影。

躲在破碎鏡面裡的男人年輕英俊，擁有一張迷人的容貌。加雷特既喜歡看這張臉，又討厭看這張臉。

隨著時間過去，那個人的臉在記憶中越發模糊，加雷特只能從自己的臉上尋找他的身影。

身邊的人都說他跟哥哥長得有六、七分相似，所以若哥哥還活著，差不多也是這副樣子，只是可能比他更好看，眉目更加溫柔親切。

無論怎麼看都不完美，越看越感到痛苦。

他收攏手指，鮮血從他指尖滴落而下，即使不去看，加雷特也能感覺那對眼睛正注視著他，讓他無處可逃。

一隻手抓住他的手腕。

「身為蓋布爾家主，用這種鏡子也太寒酸了。」賈克森一邊抓著他，一邊掰開他的手指，抽走血淋淋的鏡子碎片。「這裡是沒其他鏡子了嗎？」

「早就沒了，你當聖騎士長這麼久，不知道我蓋布爾家有砸碎鏡子的癖好嗎？」

加雷特抽回手。

這是真的，他從歷屆蓋布爾家的帳簿上得知他們家真的花了很多預算在購入鏡子上，總是有人喜歡把宅邸裡的鏡子砸個粉碎。

他凝視著血淋淋的掌心，整個手掌麻麻癢癢，體內充沛的魔力正拿著縫針急忙修補上面的裂痕。

「在蓋布爾家，只有鏡子無法映照之鬼才有繼承家主的資格。但並非所有歷任家主都符合這個資格，那些不符資格的家主看到鏡子就怕得跟見鬼一樣，連湖泊都不願靠近。跟他們比起來，我算是很包容了。」

「蓋布爾家只剩你一人了。何必在意這麼多呢？」賈克森端起一盆清水，遞到他面前。

加雷特將手放到清水中，血液在水中緩緩渲染開來，將透明的水攪得混濁不清。

他抽出手，對鏡中模糊的倒影微微勾起嘴角。

「正因為只剩我一人了，才要更加注意。」

倒影中的男人對他露出讚許的笑容，讓加雷特更加確信自己沒有錯。

＊

掌管冬季的神披著一身刺骨寒風來到奧斯曼，祂將一身的白雪抖落，伸手遮住刺眼的陽光，對人們的怨聲載道充耳不聞，還打算在這裡度上幾個月的假。

冬季是窮人的地獄，是富人度假的信號。許多王公貴族早早便收拾行李，回到自己的領地，或是乾脆去其他溫暖的國家避寒。勞動階級的居民則早早開始準備過冬，有人披著修補多次的大衣，一大清早便頂著風雪出門工作，有人則躲在溫暖的小窩暢飲啤酒享受冬季美食。

對艾路狄領地的居民而言，冬季是學習的季節。艾路狄家主的伴侶多次提倡學習的重要性，並要求每個居民至少要達到識字的教育水準。所以當農地被冰雪封印後，居民們就會拿出一疊厚厚的教科書，前往領主莊園上課。

某天早上，領地居民們晨跑完，一路上有說有笑地前往艾路狄宅邸。

還沒抵達目的地，眾人遠遠便見到一名巨型雪人。

這雪人是由三團由大至小的雪球堆疊而成，足足有三層樓高，鼻子插著一根粗樹枝，身上直接插了兩枝小樹幹作為手臂，如此巨大的身形讓居民看得嘖嘖稱奇。

「這雪人是怎麼做的？怎麼有辦法滾出那麼大的雪球？」

「不是，這麼大的雪球是怎麼放上去的啊？」

「肯定是少爺做的，他不是喜歡堆雪兔子嗎？怎麼堆起雪人了？」

他們很快便發現原因。

艾路狄家年輕有為的下任家主此刻正單手抱著自家弟弟，另一隻手像指揮家一樣揮舞，用冰魔法為雪人打造一頂帽子。吸血鬼寶寶興奮地有樣學樣，一根樹幹就這麼浮起，撲到雪人的鼻頭。

與此相比，旁邊那個聖騎士堆出來的雪人簡直顯得微不足道，小鼻子小眼睛的，但聖騎士本人並不介意，一邊隨意地堆雪人一邊用溫和的目光注視吸血鬼兄弟。

「小少爺也是個人才啊。」克利夫抱著一疊厚厚的書籍，發出感嘆。他已經來這裡幾個月了，如今已完全融入艾路狄領地的生活，且真心感謝當初與伊凡相遇。

「可不是嗎？少爺說他很有學習魔法的潛力。」

「小少爺好像特別擅長浮空魔法，許多職業魔法師都不見得會浮空呢。」

「那這樣……以後遇到特別重的東西，是不是能請小少爺幫忙一下……」

「哈哈哈你不要得寸進尺了！」

興許是他們的動靜太大，吸血鬼青年朝他們看過來，居民見狀連忙跟他問好。

「快走吧，爸爸已經在裡面等你們了。」

伊凡的嘴角掛著如沐春風的弧度。漫天落雪映著耀眼的陽光，親吻他的肩頭，在他的睫毛上覆上一層白霜，他穿著春季款式西服，氣質乾淨、眼神空靈，就這麼站在茫茫白雪中，宛若一個遺忘時間的精靈，讓人看得目不轉睛。

直到聽見聖騎士的咳嗽聲，眾人才大夢初醒，匆匆走進宅邸。

「我們堆的雪人有這麼驚人嗎？怎麼大家都看傻了？」伊凡好笑地看著他們離去。

「畢竟外面也找不到如此令人驚豔的雪人。」尤里西斯點點頭。

「也是，這雪人只有我跟伊里歐才做得出來。」伊凡用寒氣雕塑圓帽子，後退了幾步，看著這個張牙舞爪的紳士雪人，內心得意極了。

原先他只是想做個雪人給伊里歐看，誰知伊里歐看了也有樣學樣，雖然他的手只握得住一根手指，卻能用魔法抬起一團大雪球。不管做多大的雪球他都有辦法將之浮起，不知不覺間伊凡就堆了一個大雪人出來。

如今的伊凡已經不再像以前一樣體虛，他現在全身充滿活力，體內擁有豐沛的魔力。再加上現在是冬季，他的冰魔法施展起來比以往更加容易，威力也更強。

只是這就苦了尤里西斯，吸血鬼是不怕冷，但人類不是，尤里西斯待在他身旁時不時被寒氣掃到，為此尤里西斯做了很多耐冷的特訓。他甚至想挑戰打赤膊游冰湖，最後被伊凡拖回來了。

「哇啊啊……」此時，消耗太多魔力的伊里歐又累又餓，開始大哭起來。見此尤里西斯立刻將他抱過來，給吸血鬼寶寶吸吮他的手指。

見他如此熟練的模樣，伊凡忍不住虧一句：「你可以報名當伊里歐的奶爸了。」

尤里西斯嗅到一絲酸味，內心開始飄飄然。他其實知道這是不合規矩的，因為他是伊凡的專屬血奴。照理來說他身上每一滴血液都屬於伊凡，不可以提供給其他吸血鬼。

可只有這麼做，尤里西斯才能在伊凡身上嘗到一絲占有欲，他想被這個不食人間血液的吸血鬼占有。

或許這具身體裡裝的不是吸血鬼的靈魂，但對尤里西斯而言都沒有差。對他而言，伊凡就是伊凡。

「好了，給他吸兩口就行了。別忘了你還在養傷。」

伊凡輕輕捏住他的手指，帶他脫離小吸血鬼的魔掌，他一手把小吸血鬼撈回來，瞄了一眼他的右手。

這隻能揮出精湛劍技的手如今受到了限制，手背上的青筋泛著不詳的青黑色，只要一握劍就會感受到針刺般的疼痛。

伊凡為此請教過父母，但情況並不樂觀。據他母親所說，這上面寄宿著強力的暗魔法，除非打倒施術者，否則可能一輩子都這樣。

伊凡想到就心疼，若不是他改變命運的軌跡，尤里西斯的手也不會落得這個下場。

「沒事，還是能正常揮劍。」尤里西斯將受傷的手藏到身後。

他說的輕描淡寫，但伊凡很清楚，在背負著詛咒的情況下揮劍肯定很痛，那天找到尤里西斯時，聖騎士的臉十分慘白，看起來隨時會倒下。

「你放心，在你留職停薪期間，艾路狄家會付你聖騎士長的工資，直到你復職。若之後被神殿開除，就跳槽到我艾路狄家，我給你開兩倍薪資。」

這番話豈止令人安心，簡直安心他媽給安心開門，安心到家了。

尤里西斯現在就想辭職了。

目前王城最熱門的話題就是聖騎士長留職停薪事件了，許多人都在討論尤里西斯是怎麼落得這下場的，又是招惹到誰。有人不勝唏噓，有人幸災樂禍。但尤里西斯本人倒是過得挺滋潤的。

自從留職停薪後，尤里西斯便專心幹起他的副業——伊凡的專屬血奴，平日照顧吸血鬼主子的生活起居和協助工作，簡單來說就是萬能祕書。

這份工作對尤里西斯而言並不難上手，因為他有照顧妹妹的經驗，再加上尤里西斯從小被當成聖騎士長接班人培養，除了戰鬥以外還要處理許多公文、跟各個部門來往，他從基層幹到管理職，可以說是什麼都會。

如今雖然跨入不同產業，但這難不倒尤里西斯，他本來就是個學習速度很快的人，他的表現連輔佐吸血鬼領主多年的隱居王子都驚豔不已。

他常常與艾路狄一家共進晚餐。宅邸的僕從對他也相當客氣，每日將他的使用區域打掃得一塵不染。連退休的前皇家裁縫師也跑來為他量身打造好幾件日常用服和正式場合禮服，待遇堪比領主的伴侶。

雖然伊凡說，這是身為他的專屬血奴應有的福利，但尤里西斯認為艾路狄一家已經把他當家人看待了。

「伊凡少爺，有客人來訪。自稱來自太陽神殿，要請他進來嗎？」霍管家站在伊凡的書房門口，恭敬地詢問。

伊凡點點頭，早在這人踏入幻影結界時他便有所感應，在他看來，這是個值得信任的對象。

尤里西斯暫時放下手邊的工作，轉頭一看發現伊凡的杯子空了，正準備替他補上茶水時，訪客已經三步併兩步衝上來了。

「虧我還擔心你在吸血鬼領地被虐待，結果你這不是好得很嗎？看起來比成為聖騎士長時還滋潤啊！」

尤里西斯的職務代理人——丹尼斯，一看到他泡茶的樣子便崩潰了。一陣子沒見，丹尼斯看起來瘦了許多，像個多日沒進食的吸血鬼。

與尤里西斯這種從小就被欽點為接班人的聖騎士不同，丹尼斯是臨時上任的聖騎士長，剛上任一個星期就踢到一堆鐵板，他的文件被其他部門退回、送過來的午餐都是冷的、每次會議都不歡而散，還有一大堆投訴，感覺全世界都在跟他作對。

「不是，我的文件到底哪裡錯了？白日樞機說我的公文用字遣詞無禮就算了，連財務部都找我麻煩，說我的請款單沒附收據，我那時忙著追犯人呢哪來的時間跟老闆要收據啊？我花了一個星期寫的育幼院改善計畫書被退回了也沒人給我個理由，只叫我再重寫一次。最可笑的是我寫了老半天，最後一時昏頭不小心交了舊版居然通過了，這些人是怎樣啊！」

丹尼斯嚎啕大哭：「我是什麼很賤的人嗎？我不過就是職務代理人有必要這樣刁難我嗎?!而且我代理的職務可是聖騎士長，怎麼連廚房阿姨都欺負我啊！」

噗哧一聲，某人的笑聲打斷了他的社畜詠唱。

丹尼斯瞪大眼睛，看了看露出燦笑的吸血鬼又看了看裝沒聽到的尤里西斯，氣得臉色脹紅。

「你們等著，我等等回去寫個討伐吸血鬼的計畫書，看你們誰還敢笑我！」

尤里西斯還淡定地給予建議：「左側靠門書櫃往上數來第三、四、五排有歷代聖騎士長寫的吸血鬼討伐計畫書，你可以參考。醜話先說在前，沒有一個計畫書被實際執行過。」

「……」

「上一次討伐是三百年前吧？就是格里芬・薩托奇斯殺貴族那次。神殿討伐吸血鬼真謹慎啊。」

伊凡對自家血奴投以調侃的目光。

尤里西斯毫不避諱地與他四目交接。「也幸虧他們謹慎，不然我就遇不到你了。」

伊凡愣了一下，隨即挪開目光。雖然他想裝沒事，但泛紅的耳根還是出賣了他。

丹尼斯看到這幕，難以置信地瞪大眼睛。他認識尤里西斯這麼多年，第一次看到他說這麼肉麻的話。好傢伙，怪不得看不上公主，原來性傾向是吸血鬼呢！

「咳、咳……」丹尼斯連忙放下杯子，咳得滿臉通紅。他忽然想到失蹤的賈克森，聽尤里西斯說賈克森投靠蓋布爾家了，什麼意思啊？賈克森不是個鐵打的直男嗎？難不成愛上吸血鬼是聖騎士長的宿命？

「我、我忽然想到我還有點事。」丹尼斯一邊拍著胸口一邊站起身，全程不敢看兩人。「我得先回去處理公文了，近期神殿沒什麼大事，就是聽說晨曦樞機開始跟白日樞機公然叫板了。」

在丹尼斯匆匆離去後，伊凡再度看向尤里西斯。

「你上次說晨曦樞機是最有可能跟加雷特聯手的人，對吧？」伊凡記得，晨曦樞機歷代都由初代聖女的後裔擔任。而加雷特的能力與初代聖女如此相似，若加雷特對晨曦樞機派系展現能力，極有可能受到推崇。

但把尤里西斯踢出神殿的可不只有晨曦樞機一人。為了從國王的弒親之仇中活下來，三位樞機都成為了凶手，有人把黑鍋甩到尤里西斯身上，有人對此視而不見，有人推波助瀾。沒有發言權的聖女放跑了羈押中的尤里西斯，最後慘遭吸血鬼毒手。

所以在他看來，三位樞機都很可疑。如果給伊凡一個機會做太陽之神，他一定會讓奧斯曼王國成為熱帶地區，白天氣溫四十五度以上誰也別想出門祈禱。

「每次提出討伐吸血鬼的計畫，晨曦樞機就會從中阻礙，唯獨討伐艾路狄家那次。」尤里西斯背叛得相當順手，毫無負擔地透露神殿內部資訊，「晨曦樞機是貴族名門的子弟，現在也是三不五時會在私宅宴請貴族作客。」

而加雷特也是混跡於貴族圈的人，換句話說，晨曦樞機很有可能就是加雷特的臥底。

「先觀察看看吧，我喜歡看他們內鬨。」最好打得三敗俱傷、烏煙瘴氣，到時候他也比較好介入。

尤里西斯不曉得伊凡在打什麼算盤，但伊凡掌握的資訊遠比他來得多，他相信伊凡的判斷。

「還有，不要在別人面前說那些話。」

「哪些話？」

「就是你剛剛說的那些，什麼……遇不到我……」

「所以私下可以說嗎？」

面對尤里西斯的含笑反問，伊凡惱羞了。

「不可以，不論何時都不行。」

空氣中泛著一絲曖昧的氣息，讓伊凡很不自在。

如果要問他最想刪掉哪段記憶，伊凡會毫不猶豫地回答在暗巷裡的初吻。

他就不明白，當時怎麼就親了？原作裡沒這段劇情啊！而且這傢伙不是個紳士嗎？怎麼一言不發就親上來了？

伊凡上輩子看過很多愛情電影，每次看到男女主角在曖昧的氛圍下接吻時，他都有種想快轉的衝動。他就不明白怎麼光是看個幾眼，或是靠得很近，突然就親上去了。這合理嗎？難不成主角都有某種磁性，一個N一個S靠近了就會磁力相吸？

現在可好，同樣的事發生在他身上了。可身為當事人的伊凡完全不明白怎麼回事，他不明白自己怎麼就這麼爽快答應，給了一個安慰吻。尤里西斯又怎麼會在那之後又親上來。

伊凡內心很慌，但他不能表現出來，好歹他也是年紀較長的哥哥，要是坦承自己戀愛經驗為零，感覺很丟臉。

他想假裝鎮定，可偏偏尤里西斯在那之後像是變了個人一樣，講話變得越來越直接。

「那如果有人問我怎麼沒對象，我也不能這麼說嗎？」

伊凡沉默了三秒，僵硬地開口：「隨便你，我管不了你的想法。反正我已經跟你說過了，那天只是因為——」

「看我可憐，所以沒有推開我。」尤里西斯主動把話接下去。

「……是不忍心推開你。」

伊凡很想知道，要怎麼回才能不像個渣男，好在尤里西斯沒有再追問下去。只要不談這些事，他們的互動就很自然。

不得不提，尤里西斯的工作能力真的很強，明明是跟過去完全不同的產業和工作，尤里西斯卻一個月不到就上手了，現在已經可以接手一部分工作，不論哪方面都幫伊凡處理得好好的。他曾經問過對方怎麼這麼專業，尤里西斯則表示這些經驗都是跟著賈克森學來的，他的老師是個丟三落四的人。

果然逆境才能使人成長，伊凡心想。

他可以放心把很多事交給尤里西斯，但有一件事無論如何都不行。

「我保證什麼事都不會做，如果你不信任我，可以蒙住我的眼睛。」

伊凡站在浴室前，無語地看著自家血奴辯解。

尤里西斯的表情十分正經，一如《吸血鬼帝王》裡那個雷打不動、彷彿沒有性欲的尤里西斯，若是以前，伊凡肯定會相信的，但現在信任歸零了。

許多貴族都會帶幾個隨身僕從，協助沐浴更衣，艾路狄家也是如此。伊凡上輩子是個病秧子，被人扶去廁所、洗澡、換衣都是常有的事，後來轉生為貴族少爺，從小到大都有人服侍，對於在他人面前更衣、裸體，伊凡可說是毫不害臊。

直到尤里西斯出現在他面前。

被那雙眼睛注視著，就算不脫衣服，伊凡也覺得要燒起來了。吸血鬼都是怕陽光的，他擔心身體被那灼熱的目光燒成灰燼，或是昂首挺立。

身體是無法說謊的。

「不用了，我自己洗。」伊凡冷冷地推開自家血奴。

「整個宅邸都知道我是你的專屬血奴，這本來就是我的份內工作。」

「想太多了，我爸爸也不是每次都會協助我媽媽沐浴的。」

「但我上次聽老爺——」

「閉嘴我不想聽！」

伊凡一把關上門，脫去衣物，在已經裝滿熱水的浴缸坐下來，一頭栽入水中，吐了好幾個泡泡。

他很後悔當初帶尤里西斯回家時隨口說的話，現在全領地上下都把這位聖騎士視為他的伴侶，許多隨身僕從才能做的事都會請尤里西斯去做，害得伊凡騎虎難下。

伊凡為此惡補了很多相關書籍，連蓋布爾家寫的人鬼戀愛情小說都看了，一堆文字塞進他腦袋裡，亂七八糟地擠在一起，卻湊不出一行金句。

即使他的鄰居各個都是玩咖，伊凡也從未想過要加入他們。愛情不是他的必需品，吸血鬼只要鮮血就能活。況且伊凡對現在的生活很滿意，他有愛他的家人、想守護的領民、探索不完的知識和好朋友，就算沒有愛情生活也過得很充實。

他不是沒收過告白，面對那些赤裸的真心，伊凡總是心平氣和地先感謝再拒絕。別人有愛他的權利，他當然也有拒絕的權利。

可面對尤里西斯的愛意，他卻慌亂不已，他也捨不得把這顆真心扔掉，只能像個燙手山芋一樣狼狽地捧著。

這就是愛嗎？伊凡不清楚，他也不好意思找其他人討論，他堂堂一個吸血鬼代理領主，活了十九年竟不知道什麼是愛情，說出去都笑掉大牙。

更尷尬的是，他對於情欲流動這一塊完全不了解，上輩子他住在人來人往的醫院，哪有辦法看色色的東西，這輩子則轉生為吸血鬼，吸血鬼的壽命漫長，不像人類那樣會突然進入青春期，對性產生好奇。

所以真正清心寡欲的大木頭其實是他。

他婉轉地問阿德曼，同性之間要怎麼談戀愛，阿德曼叫他脫光躺在床上請尤里西斯狠狠肏他就會懂了。他巴了自家玩伴的頭，之後轉問博學多聞的艾蕾妮，艾蕾妮講了一堆只可能在小說中實現的神奇操作，連男人也可以懷孕這種荒謬的言論都出來了。

伊凡無可奈何，只能從貓頭鷹書店買幾本小黃書，放在床底下，或是趁洗澡的時候偷偷惡補。

「在某些地區，領主享有初夜權？這什麼鬼規定？」伊凡一邊將白泡泡均勻地抹在手臂上，一邊翻著書。他不怕書籍受潮，因為這本書的吐槽點太多了，最好整本書頁都皺巴巴地黏在一起，誰也別想翻開。

「新娘的初夜權是屬於領主的，新婚之夜必須先跟領主度過，其次才是丈夫。部分地區則是讓初潮來臨後的女性交給領主破處。盧、盧盧米……奧斯曼王國該不會也有這種習俗吧？」

光之劍懸浮在書上方幫他打光，為一個「不」字單獨加亮。

可過了幾秒，他又給一個問號加亮，這讓伊凡很頭疼，該不會另外兩個領地都有吧？若真是如此，他可要狠狠鄙視某兩位吸血鬼了。

伊凡將一桶水澆在頭上，沖去滿頭的泡沫，頭髮往後一撩，露出光滑的額頭。

「如果懷孕了怎麼辦？小孩算領主的還是丈夫的？如果領主是女性，是不是就要反過來？領地裡的男人初夜權都是屬於領主的？不對，也得考慮領主本人的性向……」

伊凡從浴缸中站起身，一腳踏出浴缸，目光仍緊黏在文字上，他看得太過專注，以至於腳底一滑，慘叫一聲摔倒在地上。

「伊凡?!你還好嗎？」尤里西斯早已在外等候許久，因為他的吸血鬼洗太久了，正擔心是不是發生什麼事，裡面就傳來哀鳴了。

尤里西斯心頭一慌，便不假思索地開門衝進來。他滿心只想確認伊凡的安危，可看到那赤裸纖細的白皙身子時，腦袋瞬間當機了。

伊凡緩緩撐起身子，欲哭無淚地看了一眼小桌子上的書，隨即與尤里西斯對上目光。

「啊……啊？不是，你進來幹嘛？」伊凡驚慌失措地往後挪了一步，一時之間也不知該遮哪裡，這還是他第一次在別人面前裸體會這麼緊張。

尤里西斯一言不發，他別開目光，一把抓起放在一旁的浴巾，包住濕淋淋的吸血鬼，將他從地上撈起來。

伊凡嚇了一跳，他緊捉著浴巾，雙目圓睜地盯著自家血奴，但直到被放到床上時，尤里西斯都沒有看向他。

「你有受傷嗎？」

聖騎士的耳根微微泛紅，身體僵硬得跟木頭似的，他這樣反而讓伊凡更不知所措了。

「沒、沒有……」

「沒事就好，那我先回去了，有事隨時可以找我。」

明明上次說什麼也不肯走，這次倒是走得飛快。看著溜回隔壁房間的尤里西斯，伊凡感覺渾身都在發燙。

伊凡快速擦乾身子，將浴巾掛在懸浮的光之劍身上，當他回到浴室拿衣服時，眼角餘光瞄到鏡中的自己。

無助的、羞恥的、眼神帶著一絲好奇的，這副表情讓伊凡感到很陌生。

他的腦海中浮現《吸血鬼帝王》的某一段劇情。尤里西斯成功殺死阿德曼，明明離凶手越來越近了，聖騎士卻鬱悶不已。尤里西斯的追求者們為了讓他轉換心情，帶他去王城附近的小村落泡溫泉。

在無人知曉的祕境溫泉裡，那些魅力四射的女角們紛紛脫下衣服，展露自己的曼妙身材，而作者也罕見地在那段劇情裡，花了好幾行描述尤里西斯的肉體。

『他卸下沉重的聖騎士制服，在大自然下展露飽經鍛鍊的肉體，他就像是從希臘神話走出來的人物，那優美的肌肉線條、膨脹充血的每一塊肌肉，都叫人移不開目光。』

『他打算躲在這顆石頭後方，默默浸泡他的傷口。他聽見另一頭的女孩們聊天聲越來越近，下意識

地想迴避，便從溫泉裡站起身，不料一轉頭，正好與另一人對上目光。本想嚇他一跳的卡洛兒直愣愣地盯著他，目光不由自主地往下，在看到腿間那把巨劍後，頓時滿臉通紅。』

當時正值青春期的江一帆看到這段，喉結滾了滾，忽然想知道，那把巨劍究竟長怎樣。他自己擁有一把普通長劍，還以為所有人都是這樣。原來也有巨劍存在嗎？

也就是那個晚上，他夢遺了。所幸那一天他醒得早，清晨醒來時，感覺褲子裡黏黏的，拉開褲頭，發現褲子上沾了幾滴乾涸的白色液體。

江一帆懵懵懂懂，不由自主地將手伸進寬鬆的褲子裡，在握住那根微微翹起的長劍時，一股異樣的酥麻感蔓延到全身，害他差點發出奇怪的聲音。

這間病房裡可不只有他一位病人，江一帆很害怕被發現，只能蜷縮在被窩裡，小心翼翼地撫摸那越發堅挺的劍身，探索這股未知的快感。

他緊咬著下唇，呼吸越發急促，好像有什麼東西想出來，但就差那一步。

就在那時，他的腦海閃過幾行文字，腦海中開始勾勒聖騎士主角那年輕強健的肉體。

也就是在那一刻，他第一次明白，快感到達巔峰會發生什麼事。

事情過了這麼久，伊凡早就忘得差不多了，偏偏尤里西斯又逼他想起來了。伊凡很尷尬，他一直忍不住想到剛才的窘境，如果那時候尤里西斯沒有用浴巾包住他，又或者他堅持留在這裡呢？是不是會發生什麼事？

伊凡不知道，他忽然睜大眼睛，低頭看向雙腿間，臉上的血色蔓延到脖頸了。

Chapter.2 談戀愛前先求婚

從浴室出來後，伊凡回到書房，坐在書桌前用工作把自己填滿，他記得隔天中午席夢娜會來，是尤里西斯邀請的。

對於將公主拉來己方陣營的建議，伊凡是贊成的。

《吸血鬼帝王》的故事裡總共有四位反派，第四位反派正是席夢娜的父親——國王巴澤爾。在得知王弟死亡的真相後，巴澤爾成為尤里西斯的敵人，處心積慮地打壓對方，所以他有必要跟王族保持緊密聯繫。再加上席夢娜一直在貴族裡默默累積自己的勢力，肯定能派上用場。

此外，他還想知道一件事。

伊凡從書桌抽屜裡翻出一個小木盒，他解開小木盒的鎖，拾起那枚精緻的髮飾。

伊凡覺得自己很傻，他事後回想起艾蕾妮跟席夢娜鬥嘴的樣子，再對照《吸血鬼帝王》的資訊，其實一點也不難猜出這枚髮飾的贈送者是誰。

能如此任性地在初次見面時就跟人打架，感情變好後又送這種小貴族也送不起的髮飾，還是社交圈名花，如此豪氣、粗魯，同時又很受歡迎的人，只可能是席夢娜了。

伊凡一直以為，席夢娜是看到艾蕾妮的悲慘結局後，才意識到艾蕾妮在她心中有多重要。可現在看來，事實並非如此。

「怎麼這麼早就來了？昨晚沒休息嗎？」

聽見這個溫和的嗓音，伊凡愣愣地仰起頭，與自家血奴對上目光。

「什麼時候來的？怎麼不先敲門？」

「我敲門了，但你不在。」

聽見這隱約帶著哀怨的語氣，伊凡忍不住莞爾。喚醒伊凡是尤里西斯的工作之一，這是在臥房撲了個空，所以故意無聲無息地過來嚇他嗎？

「你是小男孩嗎？我不過是一晚沒睡覺，就跑過來嚇我。」

「我沒有想嚇你，」尤里西斯的神情十分認真，「從來沒有。」

「我知道。」伊凡尷尬地摸了摸鼻子，他知道尤里西斯在說浴室滑倒的意外。

「伊凡，如果你覺得不舒服，我可以跟霍管家溝通，請之前的隨侍回來服侍你。」

尤里西斯的目光落到吸血鬼手中的髮飾上，神色越發黯淡。

「若你已心有所屬，我也可以不再提之前的事，所以……」

「什麼？等一下，」伊凡趕緊放下百合髮飾，「這髮飾跟我沒關係，這是艾蕾妮給我的，她叫我幫她找出髮飾的贈送者！」

他急促地解釋完後，尤里西斯的表情亮了。

伊凡鬆一口氣，他抓了抓頭，也不明白自己幹嘛解釋這些，只是看到尤里西斯越發陰沉的神色，就覺得不忍心。

「我也沒有覺得不舒服，我只是……不知該怎麼做。而且我也不清楚，你究竟是怎麼想的……」伊凡低下頭，聲音越來越小：「畢竟你之前也沒說過……」

話還未說完，身旁的金髮青年忽然對他單膝下跪，強硬地擠進他的視野。

「我喜歡你。」

他的表情認真到像在求婚一樣，只差沒拿鑽戒出來了。

「我真的很喜歡你、喜歡到想跟你結婚、一輩子做你的血奴。不管你有多少祕密我都無所謂，對我來說你就是你，你願意跟我結婚嗎？」

「……啊？」

伊凡呆若木雞。

他是不是漏聽了什麼啊？

這世界的人談戀愛都不先交往，而是直接結婚的嗎？？

「你……你……哪有你這麼，等等，聖騎士可以跟吸血鬼結婚嗎？」

「我查過了，沒有一條規定是不能跟吸血鬼結婚。」

「你還真查過?!不是，你到底在說什麼？這時候不是該問我願不願意給個機會、或是交往看看嗎？你直接跳到結婚是怎樣！」伊凡惱羞成怒地站起身。

「抱歉，但我是真心的。在第一次獻出鮮血前，我就——」

話還未說完，聖騎士便被摀住了嘴。

明明想在尤里西斯面前裝成熟，但伊凡發現自己完全做不到。這個人的告白跟戰鬥一樣，節奏快得讓他跟不上，一劍劈下來整個骨頭都得散。

「我現在可終於搞清楚了，你就是個流氓！第一次帶你進領地時，你就趁機亂摸我的手對不對？每天要求我吸血也不是為了我的健康，只是想被我咬脖子！還有給你的安慰吻，我只是親一下額頭而已，誰叫你親嘴了？做聖騎士還真是委屈你了，這麼會得寸進尺怎麼不去當吸血鬼？隔壁薩托奇斯家歡迎你。」

他挪開手，尤里西斯又擺出他最熟悉的正經表情。

「我比較喜歡艾路狄家。」

伊凡氣到想巴他的頭，但在真的巴下去前，聖騎士握住了他的手。

「伊凡，我只是想跟你表明心意而已，你不需要顧慮我，也不用感到壓力。我知道你有很多事要忙，也不會隨隨便便跟別人結婚。但不論如何，可以考慮一下我嗎？」尤里西斯的雙眸彷彿映著陽光，燦爛得令吸血鬼無法直視。

「我第一次這麼喜歡一個人，有時候情緒上來了，無法拿捏距離。但只要你說了，我就會改進。我雖然沒有替吸血鬼工作的經驗，但我十歲時就被選為聖騎士，從小在賈克森身旁學習，從基層到管理的工作我都熟悉。在外可以充當你的護衛，在內可以當你的輔佐。」

聽到這番彷彿在面試工作的臺詞，伊凡哭笑不得，一肚子氣瞬間消散了不少。

「我會努力向萊特老爺看齊，可以給我個機會嗎？」

伊凡不知道他要看齊什麼，也不想知道。

他也不是排斥對方，只是不知該如何是好而已。但尤里西斯都這麼說了，伊凡也安下心來。

「那你不能趁機亂摸我的手。」

「好。」

「也不可以突然求婚。」

「好。」

「更不可以在我面前起反應。」

「這我做不到。」

「……」

於是乎，席夢娜抵達艾路狄宅邸時，一進書房，便看到兩個戀愛幼兒園還沒畢業的人保持著兩公尺以上的距離。

「你不是吸血鬼領主的輔佐嗎？站這麼遠，不知道的人還以為你是個守門的。」

席夢娜認識尤里西斯這麼久，已經養成不損他不痛快的個性了。在看到尤里西斯的死亡凝視後，席夢娜這才笑笑地轉向伊凡，挽裙敬禮。

「路德先生，不，現在該叫你伊凡・艾路狄了。我是席夢娜，國王巴澤爾之女，也是您唯一的堂妹，還請多指教。」

「妳好像不介意有個吸血鬼親戚。」

伊凡還以為她不會答應邀約，畢竟這裡可是吸血鬼的領地。可席夢娜不但來了，還只帶了一名護衛，這人比他想像的還要膽大，不愧是敢深夜私會聖女的人。

「就這麼走進吸血鬼的領地，妳不怕嗎？」

「貴族間流傳著一個名言，只有勇於冒險之人才能得到鬼的青睞。」席夢娜站直了身子，自信地揚起了嘴角。

尤里西斯的目光撇向一邊，表情帶點不屑。

見他這副模樣，伊凡忍不住笑了出來。

他站起身，示意席夢娜到在沙發上坐著，自己也跟著走向沙發，在她對面坐了下來。

僕從們端上精緻的茶水點心，尤里西斯也在伊凡的眼神示意下，在吸血鬼身旁入座。

「傳聞奧斯曼王國的公主是位勇敢聰慧的女子。果然百聞不如一見，今日很榮幸能邀請到公主殿下。」伊凡含著優雅沉穩的笑容，隨手拿起一塊馬卡龍。

吸血鬼自顧自地吃得香甜，聖騎士在一旁瞪她，彷彿在質問她「是在懷疑我們家吸血鬼下毒嗎？妳敢不吃？」。

看到這副情景，席夢娜覺得十分荒謬，這人還是她認識的尤里西斯嗎？那個會在成年舞會上假裝踩到她的腳的爛男人去哪裡了啊？在她堂哥面前怎麼乖得跟狗一樣？

席夢娜在心裡翻了個白眼，默默拿了一塊餅乾跟著品嘗。

口感細膩、帶著一股高雅的茶香，是她喜歡的伯爵紅茶餅乾。

這味道不輸王室御用的點心，甚至有點熟悉。席夢娜想到以前女僕長常端上來給她的小點心，那時她每天上完課最期待的就是享用下午茶。

可惜負責的甜點師退休了，新來的甜點師也做得很好吃，但就是少一味。

如今這股熟悉的滋味重新回到她的舌尖上。

「這是……」席夢娜抬起頭，訝異地與伊凡對上目光。

「我們家的甜點師知道妳要來，一大早便忙東忙西的。」伊凡意味深長地笑了，反問她，「喜歡嗎？」

明明身處吸血鬼的地盤，席夢娜卻有種只是單純來到親戚家作客的感覺。熟悉的味道、熱情款待的親戚，讓她感覺回到了小時候。

「嗯，好吃。」她忍不住點頭。「我下次可以再來嗎？」

一旁的聖騎士用唇語說不行，但伊凡倒是爽快地答應了。

「我聽尤里說了，妳在凡納育幼院一案上幫了很多忙，不僅查獲許多跟凡納斯有牽連的弊案，還成功把他羈押進大牢，判了終身刑。」

「沒錯，這件事占了好幾天的報社頭條呢，到現在都還能查到新的東西。」席夢娜得意地表示。

「那些曾跟凡納斯做過交易的人，一個個都在努力撇清關係。換句話說，那個老頭現在已經沒戲唱了。」席夢娜微微歪了歪頭，一對明亮的眼睛難掩鋒芒。「如果薩托奇斯家有興趣，可以跟我連絡。」

伊凡很好奇，像她這樣的人，在《吸血鬼帝王》裡怎會甘心把王位讓給尤里西斯？這人做事像猛獸一樣，完全不怕危險，抓到對手的把柄就往死裡打。這麼做會豎立很多敵人吧，但她非但不怕，反而巴不得把對手抓出來撕爛。

是早就想清算那些人了嗎？那這可真是讓她找到機會了。

「看來妳已經選邊站了。」伊凡喝了一口茶，放下手邊的茶杯。「明智的選擇，只要妳能為我艾路狄家帶來助力，我自然也不會虧待妳。妳應該知道我艾路狄家和薩托奇斯家有個敵人。這個敵人在王國扎根已久，想將他連根拔起不是容易的事。」

「這我知道，我就是為此而來，希望能跟實力堅強的艾路狄家聯手。」席夢娜喜歡他開門見山的說話方式。「蓋布爾家是凡納育幼院的贊助人之一，其合作時間已經長達三十年了。為了得到年輕的少男少女，他們無所不用其極，我身為奧斯曼下一任君王，可不容許這種事發生。」

伊凡在她的眼中看到了野心。他好像漸漸能理解，為何席夢娜會在原作裡對尤里西斯展開猛烈追求。

尤里西斯的家世背景單純、不追求名聲權力，最重要的是，他對席夢娜沒有興趣。他可以作為一個完美的陪襯，讓席夢娜追逐理想。

但現在不一樣了。尤里西斯遇上他，他的尤里西斯從來不是誰的陪襯，也不是可以被隨意當成棋子對待的對象。

「這樣正好，我倆目標一致。」伊凡扭頭看向尤里西斯。「你先出去吧，接下來有些話是我們堂兄妹之間的小祕密。」

尤里西斯面露訝異，雖然不太想放任這兩人獨處，但他還是點點頭，臨走之前又給了席夢娜一個威脅的眼神。

「堂哥，你這是幹什麼呢？」席夢娜挑了挑眉。

「嗯，雖然我是妳堂哥，但我終究是吸血鬼。跟吸血鬼合作是有些禁忌的。」伊凡站起身，慢悠悠地走到書桌前。「第一，吸血鬼的東西，妳不能碰。第二，不能背叛吸血鬼。我們可不像人類一樣會和和氣氣地跟妳合作，撕破臉了，可是要付出可怕的代價的。」

「這我知道。」席夢娜的表情凝重起來。她哪不清楚薩托奇斯家發生的事。

「所以呢……勸妳別再打尤里西斯的主意，他已經是我的了。」

席夢娜雙目圓睜。她愣了一會兒，忍不住笑出聲。

「行、行。當然可以，就算他回來當聖騎士長，我也不會再糾纏他。」她舉起雙手，做出投降姿勢。還以為伊凡要跟她提什麼可怕的事呢，結果是那個便宜聖騎士。「我跟尤里就是利益關係，只要我明目張膽地追求他，就能嚇退許多尤里的追求者。尤里保持著不冷不熱的態度，我的追求者就會以為我跟他有戲。真要我跟他結婚，我可是會在婚禮上吐出來的——怎麼？不信啊？」

看見伊凡奇怪的眼神，席夢娜笑嘻嘻地反問。

伊凡搖了搖頭，神色黯淡下來。

在《吸血鬼帝王》裡，尤里西斯在前往蓋布爾領地一決死戰前，被公主求婚了。席夢娜請求尤里西斯成為她的丈夫，但尤里西斯沒有答應。

很難想像這麼一個心高氣傲的女孩子，站在滂沱大雨中，滿身泥濘、紅著眼眶請求尤里西斯娶她的樣子。

伊凡打開放在桌上的小木盒，凝視安靜地躺在盒子裡的百合花。

《吸血鬼帝王》對兩位女主角而言是個悲劇，也幸好他知道了，他能想辦法避開這個結局。

「前陣子呢，有個人類跟我做了交易。她為了見一個人，在身體最不舒服的時候跑出家門，最後不但沒見到人，還痛得走不了，被我發現了。」

席夢娜的笑容僵住。

「一個漂亮又單純的女孩子，身體虛弱，身邊又沒伴。可太適合做為吸血鬼的獵物了，所以我把她帶走了。」

席夢娜的嘴角漸漸垂下來，開始目露凶光。

「然後呢？」

「她被我帶回我在王城的落腳處，成為新型曼德拉草的實驗品。」伊凡拾起百合花髮飾，在陽光灑落的窗邊細細打量。他瞄了席夢娜一眼，得意地勾起嘴角。「她很聽話呢，不但乖乖告訴我她的真實身分，為了感謝我饒她一命，還把隨身攜帶的髮飾送給了我。」

看著席夢娜因憤怒而扭曲的臉，伊凡感到些許愉悅。她表現得越是在乎，越能證明百合在她心中的重要性。

若真是這麼重要的人，就應該保護好，別讓吸血鬼有機可趁。

「若真是如此，就算你是我堂哥，我也不會放過你的。」

「這跟妳有什麼關係呢？」伊凡將髮飾收入懷中，笑盈盈地反問。

「憑那個髮飾是我送的！那個人是我的，她退休後唯一的歸處就是我身邊，除了我以外誰也別想覬覦她！」

似乎是裡面的動靜聲太大，尤里西斯敲門了。

「伊凡？還好嗎？」

「沒事，談得正愉快。」

聽見伊凡的回應，席夢娜更氣了。

「你把她怎麼了?我問你究竟做了什麼?我早該發現的,把那個髮飾還給我,我現在就要去把那盆你送她的曼德拉草燒掉!」

「果然是妳啊,向日葵小姐。妳這不是早就知道百合的身分了嗎?是在耍人嗎?」伊凡抱著為自家閨蜜討公道的心態發問了。

虧艾蕾妮還苦苦守候一整晚,結果心心念念的筆友就近在眼前。這是什麼惡趣味?私下放了人家鴿子不說,轉頭又出現在對方面前,假裝什麼也不知道。

「我是有原因的!而且為什麼你會有這個髮飾?那是我特別請人訂製的,她不可能把這個當成禮物送出去,除非你威脅她。」

「我說過了,她自己拿給我的。」

「不可能!她很喜歡這個髮飾,還說會好好珍惜,要不是你威脅她,她怎麼可能給你?」

「但事實就是如此。」看席夢娜氣到頭頂生煙的樣子,伊凡改口了:「好啦,有一半是騙妳的。我只是暫時保管而已。因為某位花朵小姐放她的鴿子,所以百合請我幫忙把人揪出來。」

席夢娜愣在原地。

「妳們不是約好要見面嗎?她一直很想見妳,為了妳,她即使肚子痛到臉色發白,依然守在書店裡。即使被妳放鴿子,她也沒有生氣,只是覺得很可惜。」

「……」

「如果那天她遇到的吸血鬼不是我呢？妳有想過會發生什麼事嗎？」

想到另外兩位素行不良的吸血鬼公子哥，席夢娜的臉色越發蒼白。她雙手握拳放在膝蓋上，垂頭望著裙子上的汙點。

「我也不想這樣，可是那天忽然有重要會議，我不得不參加。等會議結束後，我有跑去貓頭鷹書店，但店員說她已經走了。」

「後來不是又見面了嗎？在尤里的晉升儀式上。妳有時間跟她鬥嘴，卻沒有時間承認妳就是向日葵？」

「我……」席夢娜抖了下肩膀，像是一隻被逼到死角的狗，濕潤的大眼睛看向伊凡。

「我也不願意啊嗚嗚嗚！」

站在書房外準備茶水的僕從聽到這哭聲，雙手一抖，嚇得差點打翻茶杯。

尤里西斯神色詭譎地盯著門扉，其他守在門外的僕從也是，眾人面面相覷，最後還是基於職業道德，假裝什麼也沒聽到。

而門內，這名盛氣凌人，氣哭過無數追求者，連資深的老大臣也曾被她嗆到臉紅脖子粗的公主殿下，像個孩子般在伊凡面前嚎啕大哭。

「我怎麼知道她就是艾蕾妮？要是我知道我的靈魂伴侶就是聖女大人，一開始就不會這樣了！當我發現時已經晚了啊，全世界都知道我討厭聖女啊，連艾蕾妮也很討厭我！」

伊凡被她嚇到，想說的話頓時全吞回肚子裡，他猶豫一會兒，默默在席夢娜身旁入座，還遞手帕給對方。

「早知如此何必當初呢？妳幹什麼討厭聖女？」

席夢娜搶走手帕，用力擤了鼻涕。

「你不覺得聖女的存在很沒必要嗎？真正有神力的是最初的聖女，之後的聖女都是神殿篩選出來的。她們不見得有神力，只是剛好外貌姣好，又涉世未深，可以任神殿揑圓揑扁。說白了就是一個花瓶。我最討厭花瓶了，腦袋空空又易碎，像聖女這樣的存在根本敗壞國家風氣。」

「可並非如此，對吧？不然妳也不會這麼後悔了。」

席夢娜微微點頭，吸了吸鼻子。「我從未見過像艾蕾妮如此博學多聞的女孩，我是與她維持了兩年筆友關係，後來才發現的。」

「怎麼發現的？」

「那個髮飾。」席夢娜哀怨地看了他的胸口一眼。「那是我親自送給百合的，她說很羡慕其他女孩可以戴珠寶首飾，她身為神職人員，不能戴這些東西。我後來偷偷打聽，得知神殿可以勉強通融髮飾，所以特地訂做了一個樣式較為素雅低調的髮飾送給她。」

雖然伊凡覺得一點也不低調，但還是問：「然後呢？妳是看到她戴了，才認出來的？」

「正好相反，我調查過每一個女性神職人員，連剛入教的初階職員都能戴個墜鍊藏在衣服裡，只有聖女身上沒有任何飾品，因為她的一舉一動都會被人放大檢視，一切儀容只能按神殿規定。我……我本來還有些懷疑，但試探過幾次後，確實是她。我一直想找個機會跟她坦承，真的！」席夢娜慌慌張張地比劃起來。「我有暗示她啊！幾乎每一場由她主持的祈福活動我都會到場，每次都送她足以塞滿好幾輛馬車的百合花！她應該會察覺這是向日葵送的吧？我雖然沒有表明是我送的，但稍微跟人打聽一下就知道了啊！」

「妳會去打聽送妳花的人是誰？」

伊凡一句反問釘死席夢娜。

伊凡簡直被氣笑了，前有一個太直接的聖騎士，後有一個太迂迴的公主。「妳不如兩手空空地當面跟她賠罪呢，搞這麼多花招是做什麼？是希望她發現妳的真實身分後驚喜地抱住妳嗎？原來我的知心筆友一直在我身邊，好開心啊！妳以為妳是長腿叔叔嗎？」

「什麼長腿叔叔？」席夢娜疑惑地蹙起眉頭。

「……沒事。」伊凡嘆了口氣，摸了摸鼻子蒙混過去：「總之妳之後還有跟她連絡吧？我猜她原諒妳了，向日葵小姐。」

「是的，因為百合是這世上最善良體貼的女孩。」

剛剛還哭哭啼啼的，這下子又得意起來了，伊凡只想把戀愛腦這個形容貼在她身上。

「我的好堂哥，你可千萬別出賣我啊。我是想跟她坦承的，但應該要在一個很美好的時刻，例如邀請她來我精心布置的百合花園，或是在我的生日晚宴上——」

席夢娜把兩人驚喜相認的場景說得天花亂墜，伊凡則頭痛地擰了擰眉，想到艾蕾妮曾對他說過財物和權力非她所求。若照席夢娜的計畫走，艾蕾妮說不定會當場甩她一巴掌。

「停、停。總之，這件事不能再拖了。這件事我肯定會在下次見面跟她說的。」

「你不能——」

「妳沒有時間慢慢來，因為繼承初代聖女能力的人出現了。」

空氣瞬間凝結，席夢娜的瞳孔圓睜，表情像是聽見了噩耗。

「就如妳所說，歷代聖女不見得有神力，但那只是因為沒有找到擁有初代聖女能力的人而已。如果他躍上檯面，艾蕾妮的地位就不保了，連人身安全也不保。」

「……這是真的嗎？」

伊凡瞄了她一眼，沒有給予正面回應。

「妳就說願不願意幫忙吧？」

＊

初代聖女，一位奧斯曼無人不知無人不曉的傳奇人物。傳說在建國之初，奧斯曼人被吸血鬼打得一敗塗地時，是初代聖女站出來振奮民心，引領眾人走向勝利。初代聖女宣稱自己是太陽神派來的管理者，也是她建立了太陽神教。

據艾蕾妮所述，初代聖女擁有至高無上的神權，她能聽見神的聲音、能使出足以照亮黑夜的聖光，還能喚醒人們心中的光芒。她的後世繼承了部分神力，擁有強大的魔力，但只有寥寥數人能聽見神的聲音，能夠「喚醒光芒」的人倒是一個也沒有。

而現在類似的能力出現在一個吸血鬼身上了。雖然不像人們所想的那樣振奮人心，但道理是一樣的，都是強化情緒。

「也難怪你會落敗，跟他比起來，你的神權太吃虧了。」伊凡對著臥房化妝鏡喃喃自語。

「你要召喚幫手，好歹先通知我一聲啊，要是我知道會來這裡，就會多撐幾口氣，把《吸血鬼帝王》的結局看完再死。」

伊凡扯掉綁在後腦杓的緞帶，對著鏡中的青年無奈地笑了。

他偶爾會像這樣對著鏡子自言自語，這讓他感覺很像在對著原作的伊凡說話。雖然從未見過面，但江一帆比任何人都了解他，原作的伊凡・艾路狄藏了很多祕密，例如表面高冷但其實是個痴情人、容易被利用，還偷偷藏了個月神神權。

在努力改變命運時，他也不知不覺把這個吸血鬼青年當成朋友了。江一帆不希望他回來，卻也不願意讓他被遺忘。

對他而言，不管是伊凡・艾路狄，還是《吸血鬼帝王》這部作品，都不是杜撰出來的幻想故事，而是真實存在過的。

「你聽過阿卡西紀錄嗎？阿卡西紀錄是靈魂的圖書館、宇宙萬物的數據庫，據說裡面紀載了所有時間與空間的訊息，只有少數人能接上阿卡西紀錄，窺覽部分訊息。人們會用藝術、文字、數字、符號，甚至是一行公式，記下阿卡西紀錄的冰山一角。我以前不相信有這東西，但現在相信了。」

伊凡一邊梳著頭髮一邊解釋，鏡中的青年也聚精會神地聽著。

「我認為，《吸血鬼帝王》的作者應該是連接上阿卡西紀錄了。他寫的故事是真實存在的，只是他只能看到片面資訊。這個世界的神也知道這件事，所以跨越了遙遠星辰，將我撈來這個世界。」

「我希望這不是一場祝福，而是交換。不然對你我都不太公平，不是嗎？」伊凡將緞帶放到桌上，纖細的手輕輕放到鏡面上，隔著一絲透明的界線，與鏡中的吸血鬼青年貼著掌心。

「我呢，今天跟我們的堂妹相認了，該怎麼說呢，跟我在書中看到的一樣，但又有些不同……總之，我們擬定了一個計畫。這週末我們會藉著祈福會的名義去拜訪聖女，如果能趁機把百合帶走是最好的，可不能讓那些悲劇再發生了。」

光之劍在他的耳垂旁一閃一閃的，看起來很贊同他的話。

伊凡摸了摸光之劍耳墜，笑了笑，隨後聽見了敲門聲。

鏡中的青年回過頭，從梳妝鏡前站起身，留下空蕩蕩的鏡面。

伊凡打開門，一看見來人，本該停止的心臟猛然一跳。

「怎麼了？」

「沒什麼，就是想問你一件事。這週末不是要去神殿嗎？你……」剛洗好澡的尤里西斯頂著一頭柔軟而帶著水氣的金毛，不太自然地咳了一聲。「你想早一天去嗎？」

「嗯？」

「祈福儀式前一天有市集，不曉得你有沒有興趣？可以住我家，上次有給你鑰匙。」

看著連連咳嗽，耳根逐漸泛紅的聖騎士，伊凡愣了愣，臉頰也跟著染上一絲血色。

若他沒理解錯的話，這個大男孩是想邀他去約會？

「啊，那個……」彷彿有根棒子敲在伊凡的木魚腦袋上，他的表情呆呆的，說話也開始結巴：「這樣好嗎？會不會打擾？」

「當然不會。」已經在伊凡家住一段時間的尤里西斯急忙回應。

「第一次約會就去你家不太好吧？」伊凡腦袋一片混亂，只記得網路上說過第一次約會去對方家很危險。

「我家有兩間臥房，你可以睡我的房間或貝莉安的房間，我什麼也不會做的！」

「不會做什麼？」

沉默在兩人的對視間蔓延開來，直到尤里西斯忍不住笑出來。

「其實我還是有想對你做的事。」聖騎士朝他向前一步，一隻手撐在門板上，彷彿將吸血鬼半摟進懷裡。

伊凡嗅到一絲迷迭香的氣味，很奇怪，他明明聞著這個味道會感到舒心，此刻卻緊張起來。

「我想做飯給你吃，你喜歡南瓜濃湯嗎？我之前常常做給貝莉安吃，她說我做的南瓜濃湯是全世界最好吃的。」

「原來你會做飯啊。」伊凡想像尤里西斯在廚房熬湯的樣子，頓時跟著笑了。「我很喜歡，但這個季節還買得到南瓜嗎？」

「有的，市場裡有個攤位，一年四季都生得出南瓜。」

伊凡很想看尤里西斯在市場挑南瓜的樣子，他會跟老闆殺價嗎？還是會端上盤子？不管怎樣他都想知道。

「那就給你表現一下了，可別讓我失望。」

金髮大男孩的眼神亮晶晶的，明明太陽已經下山了，伊凡卻覺得自己快融化了。

明明沒有吸血，卻感覺像吸了血一樣，滿嘴甜味。

如今伊凡已經知道，《吸血鬼帝王》並沒有一個好結局。也許對讀者而言是好結局，但對尤里西斯來說不是。

那個尤里西斯自始至終都活在他人的期待裡，人們期望他成為一輪永不西沉的烈日，讀者希望他成為坐擁一切的帝王，沒人問過尤里西斯，他想成為怎樣的人。

他其實喜歡男生，偶爾也會想撒嬌，他會對著曼德拉草自言自語，會偷偷摸摸地去書店買書。他其實心眼很小，會對那些跟貝莉安走太近的男生施壓，他喜歡紙飛機，房間放了好幾隻他們一起摺的藝術品，他的房間永遠乾淨整潔，跟他本人一樣。

他是一顆照亮大地的小太陽，不論是黎明還是黃昏都美如畫。

如果這就是所謂的愛情，那伊凡也無話可說。但如果可以，他想談一場柏拉圖戀愛。

一旦有了期待，日子便過得很快，在約會當天，伊凡換了一身較為簡樸的裝扮，尤里西斯也披上斗篷，可儘管兩人換上平民的服飾，一個身形高大、一個氣質優雅，混在人群裡依然相當顯眼。

地上鋪了一層銀白絨毯，人群熙來攘往，市集不只賣很多小吃，還有新奇的玩意兒，伊凡第一次參加市集，一路走馬看花，在一處舊書攤前逗留了好久。

「唉，現在是冬季，進的書還算少啦！等到夏季時，我們進的書是現在的兩倍。」書攤老闆從伊凡手中接過好幾本書，笑吟吟地說道。

聽到有兩倍之多，伊凡驚喜地睜大眼睛，尤里西斯則站在他身後，笑著告訴他明年夏季可以再過來。

吸血鬼的眼睛漾著星光，看得尤里西斯內心一片柔軟。他拿出幾枚銅板，遞給老闆，主動接過伊凡買的幾本書。

「真幸運，買到講述月神故事的手抄書，這錢花得值得。」伊凡滿足地嘆息一聲。

「確實，很少看見有提到月神的書。」雖然人們都說，月神是太陽神的靈魂伴侶，可關於月神的資訊卻相當稀少，因為月神是吸血鬼信仰的神，所以太陽教刻意禁止人們討論月神的事。

存在感透明的神，伊凡心想。據說太陽之神與月亮之神原先很要好，直到月神創造了吸血鬼。

太陽之神認為吸血鬼違反生命平衡，試圖用陽光讓吸血鬼滅絕，其他神也站在太陽神這邊，拒絕為吸血鬼祝福。月神因此跟眾神斷絕往來，但在鍾愛的吸血鬼死去後，月神也跟著離開這裡。

《吸血鬼帝王》的尤里西斯跟初代聖女一樣，都曾是太陽神派來對付吸血鬼的使者吧，這個世界八成重置過一次，或者是平行世界？

伊凡不清楚，但他知道這一切都是真實的。

落在肩頭的雪花是真實的，耳邊傳來的人聲是真實的，捧在手中的文字是真實的，這份情感也是真實的。

「伊凡，你先待在原地別動，等我一下。」

伊凡轉過頭，正想說想去哪裡可以一起去，但還未開口，尤里西斯已然匆匆離去。

伊凡搔了搔後腦杓，他知道尤里西斯不會丟他一個人太久，遂而看向旁邊的攤位。

「要不要來占卜一下啊？小帥哥。」一名蒙著面紗的少年笑盈盈地朝他招了招手。

伊凡從沒做過占卜，確實感到一點興趣。他彎身看向少年鋪在地墊上的紙牌，好奇地問：「你能占什麼？」

「什麼都可以啊！愛情、事業、人際，什麼都可以……但健康就不行了哈哈哈，有病要去看醫生啊，問占卜師有什麼用呢？」

神經。伊凡忍不住笑出來。

「我有個死對頭，其實我曾經想跟他做朋友的，我也以為我能感化他，但我失敗了。有時候我會懷疑，是不是有些事是注定的，有些人天生流著壞人血脈，不論做什麼都改變不了這個事實……」伊凡半蹲下來，專心地看著少年洗牌，「我不是神，有權力決定他的結局嗎？該怎麼做才好呢？」

少年將紙牌排成一列扇形，示意伊凡抽牌。

伊凡半懷疑地抽出一張牌，少年占卜師將其翻開。

這是一張對吸血鬼極具深意的牌，上方的天使朝著人間吹起號角，下方一道隱晦的河流，上面飄著幾口棺材，人們從棺材爬出來，朝著天上攤開雙手，彷彿受到神的號召從棺材中甦醒。

「這是什麼意思？」

「你覺得呢？」少年含笑反問。

「神復活了本該死亡的人？」在伊凡看來是這樣。

「既然你這麼說，那就是這個意思了。」

「……」

伊凡想跟主辦單位檢舉有人在這擺攤騙錢，但他忍住了。

「咦？等等，您要去哪裡？占卜的錢還沒付呢！」占卜師趕緊拉住他，討好地說：「開玩笑的，我還沒解牌呢哈哈，少爺您先坐著吧，這就給您解釋。」

「你說，我在聽。」伊凡停下腳步，但仍舊一副隨時走人的姿態。

「少爺，您這死對頭已經受到召喚了，至於是誰召喚他不好說，有可能是內心的真實想法？也有可能是其他令他無法忽視的人事物，但他拒絕接受這個事實，您想改變這一切很難，因為裝睡的人是叫不醒的。但……您看到這個天使了嗎？」

伊凡面無表情地看著占滿半個牌面的天使。「我眼睛沒有瞎掉，謝謝。」

「這就對了！那一位也是如此，天使都占滿整個視野了，他又怎可能沒看到？又不是吸血鬼，能躲在棺材睡一輩子哈哈。」

「……」

「所以不用擔心，您只要做您認為對的事就好。」

少年占卜師微微一笑，朝他伸出手，勾了勾手指，暗示給錢的時候到了。

果然是神棍。猜錯對方的種族，還有吸血鬼都睡棺材的刻板印象。

伊凡越想越不爽，遂而轉身離去，不理會少年的叫喊。搞失蹤是吸血鬼的拿手好戲，伊凡很快便消失在人群中，他打算主動去找尤里西斯，但還沒找上門，尤里西斯就率先找到他。

「去哪裡了？」伊凡撥了下聖騎士略為凌亂的劉海，這人不曉得跑去幹嘛，呼吸都有點亂了。

下一秒，尤里西斯像變魔術一般，從身後變出一枝藍色玫瑰，遞到他眼前。

吸血鬼的視野被這抹濃到化不開的溫柔色彩占據了。

藍色的玫瑰本身就稀有，更何況現在正值冬季，照理來說玫瑰早就枯萎了，可這朵藍玫瑰像是遺忘了季節，在一片銀白世界中綻放。

「我聽說很多人會送花表達愛意，剛好看到，就買了。」尤里西斯的語氣有點緊張，「本來想選紅色的，但領地已經種很多紅玫瑰了，所以選了藍色的。你喜歡藍玫瑰嗎？」

伊凡愣了愣，小心翼翼地伸出雙手，接過這個小驚喜。

溫熱的血液在體內沸騰，彷彿有什麼即將破殼而出。上輩子，有很多人為他獻上白玫瑰，弔念他的逝去。他以為只有葬禮般的白適合自己，可此時此刻，他卻收到了藍玫瑰。

「這、這季節怎麼還有花啊？」伊凡忍不住笑了出來，「這朵玫瑰忘記現在是冬季了嗎？」

「花攤老闆是魔法師，他欺騙了玫瑰。」尤里西斯也跟著莞爾。「攤位上有好多受害者，連我也差點被騙了。」

很奇怪，明明還在飄雪，他卻跟那些花一樣，都以為現在是春天。

「你這個人能單身到現在也是挺神奇的。」伊凡低頭湊到藍玫瑰，輕輕嗅了一口，他喜歡這個香氣。

「因為之前都沒有喜歡的人。」

伊凡被這個直球打個措手不及，他呆滯了幾秒，回過神，瞪了尤里西斯一眼，不甘示弱地伸出右手。

「看在你這麼有心的份上，給你個回禮。」

幾綹寒氣飛快地在他指尖流竄，凝結成一根透著絲絲冷氣的冰花莖，隨後是一片片半透明的冰晶玫瑰花瓣，不到一會兒，一朵閃爍著微光的冰玫瑰在他手中成形。

「我的玫瑰沒有搞錯季節，給你。」伊凡一手握著藍玫瑰，一手握著冰玫瑰，眼中漾著足以融化冬季的光芒。

尤里西斯很想吻他，但他忍住了。

這朵玫瑰沒有半點香氣，拿久了還會凍傷，可儘管如此，他仍緊緊握在手中。

他們逛了很久，這一趟伊凡收穫滿滿，他見到很多新奇的東西，也發現很多騙子，一隻本該冬眠的蛇在吹笛手哄騙下，從甕裡爬出來隨歌起舞，蔬果攤的老闆欺騙了甘藍菜，讓它以為現在還是秋季。

伊凡很快便發現這些騙徒的共通點——他們都能施展一手好魔法，伊凡曾閱讀過一本書，書上說只有少數人類擁有魔力，可這一點在奧斯曼似乎說不通，在這裡，就算是沒有魔法天賦的人，也能憑空變出一搓小火焰。

一道悠揚的清唱越過重重人群，傳到伊凡耳裡。

吸血鬼好奇地聞聲看去，只見幾名吟遊詩人聚在廣場的噴水池旁，在女詩人飆完高音後，另外兩位吟遊詩人拿起魯特琴跟鼓，流暢地融入這首歌。

『飛遍山野，跨越黑夜，
少女來到奧斯曼的王面前，
唱起讚美太陽神的詩歌，
天降聖光，百鬼逃竄，
王帶領他的人民取得勝利，』

伊凡站在離人群有段距離的地方，津津有味地傾聽，這是奧斯曼的經典曲目之一，只不過這群吟遊詩人從不在吸血鬼面前唱。

『英勇的騎士被少女的雙眼擄獲，
在旗幟揚起時，唱出愛的誓言，
少女卻拂袖而去，
沒入了黑夜之中，
痴心的騎士跟隨少女的腳步，
在月亮面前，祈求神的垂憐，

騎士最終獲得神的回應，

從黑暗中帶回他的聖女。』

一曲落幕，眾人紛紛獻上掌聲，吟遊詩人的腳邊濺起銅色的水花。

「有意思，竟然跟月亮祈禱。」伊凡掏出一枚金幣，像是在表演特技般，一個彈指，錢幣以完美的超長拋物線落在吟遊詩人的腳邊，「這聖女是被毒蛇咬了一口嗎？不然好端端地，怎麼跑去月神的身邊了？」

「有人說她愛上了吸血鬼，也有人說她其實是月神的轉世。無人知道真正的原因。」

遠處的吟遊詩人們驚喜歡呼，拿著金幣想找到藏匿在人群中的金主。可吸血鬼沒給他們任何機會，帶著自家血奴悄悄離去。

一趟市集逛完，兩人手上都抱滿了東西，伊凡怕藍玫瑰受傷，為花裹上一層冰霜，他兩手抱著南瓜，指縫間夾住兩朵冰花，尤里西斯則抱著其他食材和伊凡買的東西，一同回到了老家。

由於伊凡要來，為此尤里西斯跟貝莉安特地趕在前一天回來打掃一番。對於哥哥的第一次約會，貝莉安也是操碎了心，不但在櫥櫃放了好多香料與易保存食材，還在餐桌放了個空花瓶，暗示尤里西斯要送花，因為他的約會對象可是全天下最好的吸血鬼。

果不其然，伊凡順手將兩朵玫瑰插進花瓶裡，他環顧了一下周遭環境，還以為這間屋子一直這麼乾淨。

「今晚你睡我房間吧，貝莉安的房間目前有點亂，現在被我拿來做儲藏室。」

面對兄妹倆精心安排的陷阱，伊凡不疑有他，疑惑地問：「那你睡哪裡？我不睡也沒差，我們吸血鬼本來就不需要睡覺。」

事實上，伊凡今晚也不打算睡，他等不及翻開那些新書了。

尤里西斯不動聲色地從櫥櫃拿出幾瓶甜酒。

「我睡貝莉安的房間，晚上把床上的雜物挪到一旁就好。」

伊凡看他已經開始忙起來，探頭湊過去「需要幫忙嗎？」

尤里西斯愣了愣。

在他看來，一個貴族出身的少爺根本不會問這種問題，但尤里西斯沒有點破，溫柔地回道：「不用，只是幾道簡單的料理，很快就好了。你去那邊坐著看書吧。」

「我想看你的房間。」吸血鬼此刻難得地對書沒有興趣。

在得到尤里西斯的許可後，伊凡來到聖騎士的房間，好奇地四處打量。尤里西斯的床單顏色是舒適的米色床墊配棕色被褥，書桌整整齊齊，看得出來很常使用，一隻分岔的鵝毛筆與只剩一半的墨水放在桌上，旁邊還有一個塞得滿滿當當的書櫃。奧斯曼注重文化教育，對神職人員的教育也十分全面，閱讀詩歌、禮儀教育、解讀天文地理，會計學還有資產與人力管理……要學的不計其數，為了成為一個合格的聖騎士長，從小賈克森便要求他什麼都要學。

伊凡有點好奇，尤里西斯會不會跟他一樣，把一些見不得人的書籍藏在祕密空間裡，這個人這麼悶騷，感覺很有可能。

雖然這樣做很缺德，但伊凡還是蹲下來，看看聖騎士的床底有沒有見不得人的祕密。

床底下空空如也，除了幾疊用麻繩簡單捆起的書信。

那個尤里西斯居然跟人有長期書信往來？伊凡好奇極了。他糾結了一會兒，最終還是良心戰勝了一切。他抬起頭，結果下秒身後便傳來一個聲音。

「怎麼了？床底下有什麼東西嗎？」

伊凡猛然回過頭，一眼見到尤里西斯似笑非笑地看著他，他嚇得跌坐在地上。

「我、我……沒事，只是……」眼角餘光有個東西在地上閃了閃，伊凡瞄了一眼，如釋重負地捉起落在地上的光之劍耳墜，「我的耳環掉了，剛剛在找掉到哪裡去了。」

「……」

尤里西斯目光冰冷地瞧著光之劍，光之劍也散發著寒光。

伊凡有點尷尬，他將耳環別回去，伸手示意尤里西斯扶他一把。

都被本人抓到了，伊凡也不敢再待在這裡，他回到餐桌前，尤里西斯也繼續削他的南瓜。

「當初處理凡納育幼院的弊案時，我以前待的育幼院幫了不少忙。」尤里西斯主動開口解釋。「我在兩歲時就被送到育幼院，那時貝莉安才剛出生沒多久。我對父母的記憶不多，只記得以前一家四口生活在看不見陽光的地方。那時他們告訴我，貝莉安出生了，為了讓妹妹跟我活下來，我們必須離開這裡。」

他們是在一個萬里無雲的午後離開的，母親抱著貝莉安，父親抱著他，帶著簡便的行李匆匆上了馬車，這一趟旅途異常艱辛，他們沒有多少旅費，到了晚上只能躲在廢棄的房屋、或是找好心的教堂投宿。

這一趟旅程十分漫長，他們抵達育幼院後，父母掏盡身上的錢財，請育幼院好好照顧兄妹倆，隨後就離開了。

「那你後來還有再見到他們嗎？」

伊凡接過尤里西斯剛熱好的甜酒，緊蹙的眉頭出賣了他的心情。

「沒有，院長當時有問我父母接下來打算怎麼辦，他們說要回到當初的家。」

「為什麼？」

「『因為我們的朋友還在那裡』，他們說完便離開了，從此再也沒有出現。」

伊凡捧著手中的杯子，沉默不語。

「那間育幼院沒什麼不好，只是能照顧的孩子有限，所以我跟貝莉安離開了。在我成為神殿一員後，一直有跟院長保持書信往來。」

說是這麼說，但《吸血鬼帝王》裡有明確提過尤里西斯跟他妹妹在那間育幼院過得並不怎麼好。伊凡一直以為育幼院的人待他們不好，可現在看來，八成是因為窮。

因為是偏鄉，所以資源也不多，收容越多孩子，生活就越加困頓。以尤里西斯的個性，八成會在有一份穩定的薪水後，回頭給予金援。

「院長理解育幼院的經營方式，所以在揭發凡納斯一事上，給予許多建議。」

也因為協助逮捕凡納斯有功，育幼院現在多了一個公主贊助，算是徹底擺脫困境。

聽完尤里西斯的故事後，伊凡也為他感到開心，這些都是《吸血鬼帝王》裡不曾提及的事。

「你有想過要找他們嗎？我可以幫你。」

「沒有線索，找不到的。」尤里西斯搖搖頭，這麼多年，他早就放棄了。他曾經想成為一顆太陽，照亮世間所有黑暗，但在神殿就職這麼多年，他早就知道這是不可能的事。

不想讓伊凡繼續擔心，尤里西斯轉了話題：「我再做個燉菜，有其他想吃的嗎？」

吸血鬼沒在第一時間回答。他默默湊到尤里西斯的身旁，拿起小刀子，在挖空的南瓜上劃出一個笑臉。

「隨便，反正以後還會再吃到。」

尤里西斯盯著對他微笑的南瓜，嘴角止不住地上揚。

「嗯，以後還會再做其他拿手菜給你吃，你喜歡什麼，我也可以去學。」

雖然找不回過去了，但至少他還有未來。

尤里西斯做了一道燉菜、南瓜濃湯、切了一條白麵包，搭上熱甜酒和在市集買的聖馬可蛋糕。

簡單幾樣菜，他的吸血鬼吃得很開心，說他的料理吃起來有溫暖扎實的口感，不輸家裡的廚師。

「你剛剛不是問我喜歡吃什麼嗎？」吸血鬼放下空酒杯，暈呼呼地說，雖然他不喜歡酒水那種嗆辣的滋味，但這杯甜酒口感溫潤，喝起來像裹了蜜似的，害他不知不覺喝了好幾杯，講話也開始不經大腦，「如果我說我喜歡薯條，你也能做給我吃嗎……」

「薯條？」尤里西斯呆掉了。「那是什麼？異國料理嗎？」

「是世界和平料理，把馬鈴薯弄成薯條的樣子，炸成薯條，然後就有薯條了……」

尤里西斯哭笑不得，默默把空杯收走。「你喝太多了。」

雖然他喜歡伊凡喝醉的樣子，但要是影響到明天的行程就不好了。

「我沒有喝多。再說了喝多也不會怎樣，換作是以前的身體，肯定是不能喝的。現在的話……」

尤里西斯的眉頭皺起來。「什麼意思？」

「現在很健康……除了陽光，沒什麼東西能殺死我……」

說到此，伊凡感到一股莫名的悲傷。

他發現自己已經漸漸想不起主治醫生的面容，或是隔壁病床曾住哪些人了。已經過了十九年，很多事已逐漸在他的記憶中模糊，他忘了消毒水的氣味、忘了可樂的味道。屬於江一帆的記憶像是星砂一般散落在沙灘上，一點一滴被時光浪潮沖刷而去。

總有一天，他也會忘了薯條的滋味吧，那對與他緣分已盡的父母也會逐漸消失在記憶裡。

一滴淚水落在桌上，滲進木頭縫隙裡，消失不見。

「伊凡？」尤里西斯慌張地伸出手，想抹去他眼角的淚水，可這個動作像是觸發了什麼開關一樣，反而讓他哭得更凶了。

尤里西斯驚呆了，他唯一一次看到伊凡哭泣是在伊里歐出生時。在那之後，伊凡就不曾哭過了，連加雷特的能力都影響不了他。

可現在的他就像回到那時候，像個受了委屈，忍耐很久的孩子。

尤里西斯趕緊站起身，繞過木桌來到伊凡身旁，可又不知該如何是好，手無足措地站在原地。

「不要哭，沒事的，沒事了。」

伊凡是他認識的人裡最擅長安慰別人的人，可現在最擅長安慰的人哭了，讓尤里西斯很徬徨。他想了半天，結結巴巴地問了一句：「要再喝一杯嗎？」

或許是這個問題太過突兀，伊凡僵了一下，忽然想到《吸血鬼帝王》的尤里西斯那些笨拙的安慰行為，每當有女角在他面前哭泣時，尤里西斯都表現得很低情商。

這讓他意識到，他很愛的那個小說主角，自始至終都在他身邊。

「你……」伊凡抬頭仰望著他。「你還真的……挺木頭的。怪不得你單身到現在……」

面對如此辛辣的言語，尤里西斯愣了愣，忍不住笑出來。

「那我該怎麼做才好呢？教教我吧，伊凡老師。我想讓我心愛的人別再傷心了。」

「把你心愛的人帶來給我。」伊凡吸了吸鼻子。「我來安慰，你去一旁待著。」

他第一時間想到離家出走的貝莉安。

「可是我想自己安慰。」

伊凡腦袋暈呼呼的，他現在站起來都覺得路是斜的，哪有辦法接住直球。他想起《吸血鬼帝王》其中一段劇情，在尤里西斯把艾蕾妮從吸血鬼手中救回來後，席夢娜抱著艾蕾妮嚎啕大哭，尤里西斯從頭到尾站在一旁沉默不語。

這一章讓無數讀者心碎了，很多讀者建議尤里西斯別待在一旁，上前安慰一下，給個擁抱也好，拜託做點什麼。

「怎樣安慰都行，別呆站在一旁看著，給個擁抱也好……」

話音未落，伊凡落入一個溫暖的懷抱。

尤里西斯站在原地，輕輕地摟著他，像是第一次抱伊里歐那般小心翼翼。

伊凡可以感覺出來，他很緊張，甚至有些害怕。尤里西斯害怕自己做不好，讓他變得更加支離破碎。

這份小心翼翼的愛，像是一根金絲線垂吊在他的眼前。

金絲線的另一端通往哪裡呢？是天堂的入口嗎？還是迷宮的出口呢？伊凡不曉得。他只知道自己想握住這根絲線。

「伊凡，我知道你不是這個世界的人，也不知道你過去經歷了什麼。但只要你願意講，我也會努力去了解。我跟你一樣，都不知家鄉在何方，為了活下來，我也是努力做了很多事……」

他握著貝莉安的手，跨越河流、穿過高山，磨破了腳來到王城生活。為了過上安逸的生活，他咬牙熬過艱辛的訓練，成為了聖騎士。回過神來，他發現自己被這世界拋棄了。

「我很孤單，直到我發現這個世界還有你。」尤里西斯忘不了自己黯然離開神殿時，在蕭瑟的小巷子遇見伊凡的情景。

「你能不能也這樣想呢？就是……你還有我。」

伊凡緩緩仰起頭，望向那對真誠的眼眸。

回過神來，他已經被尤里西斯抱了起來，聖騎士帶他回到自己的房間，把他放到床上。

他們共享一張單人床，眼淚融化在炙熱的愛意裡，兩顆來自不同世界的靈魂緊緊相依。

「上一世的我大半輩子都是在床上渡過的，我生了一場大病，這病幾乎無解，能多活一年都是奇蹟。」伊凡躺在靠牆的內側，緊閉雙眼，思緒回到了那個泛著消毒水氣味的房間。「本來還能下床走走，去樓下曬曬太陽、找人聊天……後來病情惡化，我幾乎整天待在床上……」

尤里西斯跟著想像那個場景，頓時感到一陣鼻酸。

他只能緊緊將伊凡摟在懷中，用自身的體溫為吸血鬼帶來溫暖。

「那樣的日子肯定很難受。」

「也許吧，很多年前的事，有點忘了。」

斑駁的牆面上，屬於江一帆的記憶一點一滴剝落，塗上名為伊凡・艾路狄的色彩。

一名騎士虔誠地獻上一吻，在牆面留下太陽的痕跡。

「不怕，已經不會再痛了。」

他的聲音過於溫暖，拂過髮絲的指尖太過溫柔，讓伊凡感覺眼淚又忍不住了。

「我可沒喊痛……」

「我知道，是我在痛。」

伊凡愣愣地與那對蔚藍的眼睛對上目光。

尤里西斯舉起他的慣用右手，向伊凡展示手背上的黑色青筋，詛咒仍緊緊攀附在他的骨肉裡。

「詛咒又發作了，我第一次遇到這種情況，感覺心臟都開始抽痛了……真的……」

聽見他越來越結巴的語氣，伊凡忍不住笑出來。

他把那隻手拉過來，毫無章法地揉了揉。

「揉一揉就不疼了……沒事的……」

冰冷的指腹蹭過手背，指甲輕輕刮過掌心，勾得聖騎士忍不住拉近距離，灼熱的吐息落在吸血鬼的唇瓣上。

「可以親你嗎？」

聖騎士乖巧地發出請求。

「不行。」

吸血鬼毫無猶豫地拒絕。

看見他垮下來的臉，伊凡也不哭了，嘴角勾著淺淺笑意。

「你是三歲小孩嗎？疼了要親親才會好是不是？」

「對。」為了得到吸血鬼的親親，尤里西斯毫不愧疚地出賣了尊嚴。

「那你靠過來幹嘛？三歲小孩親什麼嘴……」

吸血鬼的聲音軟軟的，帶著一股自己也沒察覺的撒嬌感，但尤里西斯察覺到了。

他已經抓到了拿捏伊凡的訣竅，他的吸血鬼吃軟不吃硬，只要表現得可憐一點，就會主動靠過來。

沒有一個吸血鬼能拒絕楚楚可憐的獵物。

就算伊凡上輩子不是吸血鬼又如何？他從小作為一個吸血鬼長大，怎可能不被吸血鬼同化呢？

聖騎士露出了不曾讓別人看過的晦暗眼神，他捏了捏伊凡的下巴，主動將手背湊到伊凡的唇邊。

「不然咬我吧……在我的手上咬出兩個洞口，給我放放血吧。」

是要接吻呢？還是吻手呢？選一個吧。

伊凡選擇了後者。

尖牙戳進黑色的血管，如墨般漆黑的濃稠血液緩緩流淌而下，壞死的血液被吸走，溫潤的血色逐漸湧了上來。

「別吸，這種血不健康。」尤里西斯欲收回手，但吸血鬼不肯。

伊凡嘗到苦澀的味道，這點壞血不會對他造成影響，他本就是天生擅於暗魔法的吸血鬼。放縱、狂亂、憤怒、欲望的滋味吞入喉嚨，宛若一杯高濃度的龍舌蘭，烈得令他腦袋昏沉。

眼前的獵物散發著甜美的香氣，讓他很想占有，明明晚餐吃了很多，卻還是感到飢餓。

聖騎士握住他的腰，一個翻身，讓吸血鬼坐到自己身上。

「想吸的話，就吸其他地方吧……」

尤里西斯侍奉吸血鬼的技術早已不像當初那般青澀，他一邊講，一邊慢條斯理地解開襯衣的釦子，然後用力一扯，露出白皙的脖頸和漂亮的鎖骨。

看見吸血鬼滾動的喉結，他的身體泛起異樣的快感。

高端的獵人往往會以獵物的模樣出現。

伊凡仍試圖保持理智，他撐起身子，跨坐在尤里西斯的身上。他今晚喝得太多，理智被酒精沖刷，現在又吸了怪怪的東西，某些壓抑在心底的東西趁機鑽了出來。

他細細打量著身下獵物的肉體，指尖輕輕碰觸凸起的喉結，緩緩下滑，劃過兩塊胸肌間的橫溝、形狀漂亮的腹肌，最後是敏感的下腹。

他能感覺到屁股下方有個東西頂著自己，強烈的好奇心戰勝僅存的理智。

「唔……」

聽見身下獵物發出的喘息聲，伊凡泛起一抹細細的酥麻感。他向後挪了點位置，握住挺立的帳篷頂端。

「你……真的是巨劍啊……」

眼前的吸血鬼又純又欲，泛紅的雙眼透著一股懵懂純真，彷彿一隻快被好奇心殺死的貓。

尤里西斯感覺內心的某個東西裂開了，濃稠的鮮血流了出來，滿地都是欲望的顏色。

「你想看嗎？」尤里西斯解開褲頭，主動拉著伊凡的手，勾住內褲邊緣。「如果是你，做什麼都可以，摸摸看也行……」

「等、等一下……」伊凡開始感到不好意思了，他別開目光，手指被彈出來的硬物打了一下，想收回手，卻被聖騎士強迫握住那根挺立的硬物。

伊凡睜大眼睛，那把巨劍的存在感過於強烈，他的手指無法完整圈起，還能摸到猙獰的青筋，當他的指腹蹭過巨劍頂端時，還順手帶起一絲濕黏。

聖騎士坐起身，一手攬住他的腰，一手覆在他的手背上，帶著他上下套弄。

尤里西斯的喘息聲伴隨著濕暖的氣息竄進伊凡的耳畔，激得他渾身一顫。伊凡不自在地挪了挪屁股，想要收攏雙腿，聖騎士卻一把勾起他的膝窩，強迫他盤腿圈住自己。

尤里西斯貼著他的耳畔，壓低了嗓音問道：「你自慰過嗎？」

「沒有……」伊凡又急又慌，像被逼得走投無路的犯人。「自從轉生為吸血鬼後，就沒有做過……吸血鬼的壽命漫長，沒有青春期，比較不會受賀爾蒙影響……」

「那上輩子呢？」

伊凡閉了閉眼，他實在忍受不了把玩對方囊袋的舉動，頭一低埋到尤里西斯的肩窩，逃避現實。

「做過……做過一次，」他超小聲地說。「太尷尬了，後來就沒做了……因為病房裡還有其他人，好怕被他們發現……」

「怎麼做的？像這樣嗎？」

「啊！」

伊凡嚇得往後一彈，他被尤里西斯牽引著，抓住了自己的下體。

不知何時，他的那裡也硬了，褲子緊緊繃著，還有一塊濡濕的痕跡。

聖騎士十分狡猾，他知道吸血鬼的警戒心很強，所以那些色情的舉動都是借伊凡之手，而他只是操控那隻手的人。

尤里西斯帶他解開自己的褲頭，協助他脫下褲子，那根色澤漂亮的性器就這樣暴露在空氣中，微微一抖，流出透明的前列腺液。

吸血鬼的淚水又在眼眶裡打轉了，他現在上半身依然是穿著整齊的貴族少爺，下半身卻光溜溜的。羞恥心蔓延上來，伊凡想合攏雙腿，卻被聖騎士抓住兩邊大腿，露出欲望的形狀。

「不要，這樣太……」

「沒事的，這裡沒有別人。」

「這裡不是有你嗎？」

「我是別人嗎？」

伊凡被堵得啞口無言。

「我是你的血奴，你的欲望……本就該由我來承受。」尤里西斯覆到他身上，側頭輕吻他的頸側，像是吸血鬼一般，輕咬他的脖頸，引起一陣輕顫。「不管是你的食欲，還是性欲……都給我吧……我會滿足你的一切要求……」

「嗯……」伊凡被迫上下套動自己的性器，尤里西斯的手太大，時不時會碰到他的，聖騎士長年使劍，手上好幾處長繭，那長繭的指腹「不經意」地擦過他的馬眼，一抹快感猛然湧上，害伊凡忍不住低吟一聲差點射出來。

「舒服嗎？你自己來的時候也會發出這種聲音嗎？」尤里西斯放開伊凡的手，親自效勞。「那確實不方便在病房做呢，要是被其他人聽到了……他們會硬的。」

伊凡覺得眼前的尤里西斯很陌生，那個正直忠犬不見了，變成不知哪裡來的陰暗小狗。

實在太舒服了，尤里西斯的手速很快，每一下都碰在點上，伊凡被拖進欲望的泥沼，連掙扎的力氣都使不出來，只能發出軟軟的哀鳴。

「啊……慢、慢點……」

聖騎士的掌心放在尿道口上，握住整個陰莖頭冠，像是在揉麵團一樣搓揉打轉，他的薄繭反覆在敏感的頭冠上摩擦，一波波強烈的快感將伊凡捲進情欲的浪潮裡，推上高峰。

「啊啊……！」

他的胯骨往前一挺，鬼生第一道初精噴了出來，落到聖騎士的胸肌上。隨後性器一抖一抖的，又斷斷續續吐了好幾次白濁。

伊凡再度落淚，他從未經歷過如此激烈的情事，爽得難以忍受。

「好厲害，射了很多呢……」尤里西斯死死盯著吸血鬼被情欲拖上高潮的表情，他發出粗重的喘息，彷彿高潮的另有其人。「吸血跟射精，你比較喜歡哪個？」

「都……都不……」

「都不是很滿意？那可以多給我幾次機會嗎？」尤里西斯舔去他的淚水，急切地發問。「我會表現得更好的，看在我今天有讓你射出來的份上，可以獎勵我嗎？」

「你……」伊凡難以置信地瞪著他，目光落到聖騎士腿間的硬物上。

剛剛一直不敢去看，現在看了，伊凡感覺自己一輩子也忘不掉了。

那是他從未看過的尺寸，如此張狂挺立，充滿侵略感，兩顆沉甸甸的球壓在下方，整個柱身紅得充血發脹，青筋外露，伊凡根本不敢想像這把巨劍戳入體內的感受。

會死的吧。

「你這是要殺了我嗎？」伊凡掙脫他的懷抱，一腳跳下床，結果雙腳一個發軟，趕緊扶住一旁的書桌。

他回頭瞪著正要起身的血奴，紅著眼睛放話：「你、你要是敢放進來，我會先把你咬死。」

尤里西斯的笑意漸深，他脫去襯衣，甩開褲子，目光細細打量吸血鬼潔白纖細的雙腿，還有看起來富有彈性的白嫩屁股。

「好，都聽你的。我不放進去，在外面蹭蹭就好，可以嗎？」尤里西斯從背後摟住他，故作體貼地幫他解開衣領。

「蹭蹭是怎樣……」伊凡本想伸手制止，可一感受到貼上來的硬物，又慌得手腳不知如何擺放。

「像這樣。」尤里西斯一手扶著性器鑽入伊凡的雙腿間，一手協助他併攏雙腿。「稍微蹭個幾下，很快就結束了。」

伊凡無法拒絕，這似乎是最好的辦法。他希望別再看到那把巨劍，卻又不敢用手套弄他，更不敢放進身體。

可當那把巨劍摩擦起他的大腿根部，伊凡又覺得這真是最糟的解決方式。

聖騎士緊抓著他的腰，胯骨向前一挺，狠狠撞上他的臂部，清脆的啪啪聲迴盪在房間裡，弄得伊凡耳根發熱，他敏感的會陰處被狠狠摩擦，硬挺的陰莖頭冠撞上他的囊袋，才剛發洩完的性器被撞個一甩一甩的，抖出殘留的液體。

伊凡感覺這個自己好陌生，他越發感到害怕，怕這一個自己又被取代。

「尤里……」他回過頭，下意識地抓住尤里西斯的手腕。

「我在。」尤里西斯傾身向前，輕吻他的額頭。

伊凡感覺下腹的快感在反覆疊加，他的性器又抬起頭了。他以為自己是清心寡欲之人，但並非如此。

原來他也是欲望的信徒，自始至終跟其他吸血鬼沒什麼不同。

「我、我會變成什麼樣子？」

尤里西斯解開他的上衣衣釦，溫熱的左手放到他的胸膛上，放緩了速度，引導吸血鬼往後靠向自己。

「不會改變，你就是你。」尤里西斯吻去不安的淚水，溫柔而堅定地說。「就算被欲望擄獲、或是換了外表，我也認得出你。伊凡，你太耀眼了，任何事物都無法改變你。」

聽到這番話，伊凡安心了。

他不再忍耐，發出曖昧的呻吟，這個舉動無疑鼓勵了自家血奴。尤里西斯像隻捕獲獵物的猛獸，一手把獵物按在懷裡，一手緊抓著腰間，狠狠抽插併攏的腿根，像真的在做愛一樣。

懷中的吸血鬼猛然一抖，再度被他頂到高潮，射出稀淡不少的精液，尤里西斯被他猛然緊繃的大腿肌肉夾得頭皮發麻，頓時加快了速度，一下又一下地頂撞著正在射精的性器。

「別、我、我還在……啊！」

精液在激烈的晃動下甩得到處都是，滴到了桌面上，沾到了《聖騎士倫理》的書封，最後全都射在地面上，留下黏膩的白色痕跡。

一股熱流打在吸血鬼的陰囊上，滴滴答答地流了下來。

伊凡被弄得渾身無力，要不是尤里西斯抱著他，早就倒在地上。「你這個……這個……混帳、變態……活到現在怎麼沒人把你抓去關……」

尤里西斯喘了一會兒，偏頭狠狠在吸血鬼的臉頰上親了一口。

「因為我懂得如何隱藏。」他一把將伊凡橫抱起來，走向浴室。「你還沒看透我，但我已經看透你了，伊凡。你就算化成灰，我也認得出來。」

伊凡被這個吸血鬼笑話逗笑了。

「是嗎……」

他的身體與心靈十分放鬆，沒過多久便沉沉睡去。

洗完澡後，尤里西斯幫他換上了新的睡衣，把他放到床上，蓋好被子。

在那雙溫暖的臂彎裡，伊凡感到安全。好像漂泊已久的船，終於找到了港灣。

那天晚上，伊凡夢到自己站在一座墓碑前。

周遭空無一人，整座墓園被埋沒在銀白的世界裡，墓碑大半被埋沒在積雪中，大雪模糊了墓碑上的文字。

他在墓前站了很久，肩膀和頭頂都覆了一層厚厚的雪。

明知該離開，他卻不敢移動腳步。他害怕這座墓碑被大雪埋沒，害怕再也沒有人來掃這座墓。

就在此時，他看見一道身影。

這道身影艱難地跨過積雪，帶著一把鏟子來到他身旁，默默地挖開墓碑上的積雪。

不知不覺，雪停了，太陽也推開厚厚的雲層出現了，刻在墓碑上的文字重建天光，覆在文字上的冰霜映著陽光，閃耀地映入他眼裡。

墓碑的積雪被清得乾乾淨淨，一朵藍色玫瑰放在墓碑前。

伊凡的目光從放開玫瑰的手指，順著手臂線條往上，挪到那張英俊的側臉上。

那人與他對上目光，微微一笑。「我們走吧？」

伊凡的嘴角跟著上揚了。

他點點頭，跟上那人的腳步，一同離開這座墓園。

Chapter.4 吸血鬼與太陽神官

陽光推開雲層，張揚熱烈地在大地鍍上一層光。今天是感受太陽神恩惠的日子，一大清早，太陽神殿便熱鬧非凡。

一輛精緻的白色馬車緩緩駛入太陽神殿，看見上面的王室徽章，附近的貴族們像是聞到香氣的蜜蜂，紛紛湊到馬車附近。

許多貴族都知道，這輛白底金邊、鑲著各式雕花的氣派馬車全國僅只一輛，是公主殿下的馬車。如今席夢娜在貴族圈的地位已截然不同，在凡納育幼院一案上，席夢娜展現出十足的行動力和影響力，如今再也沒有貴族敢小看她。她的心思眾人已經明白了，要她嫁去國外是不可能的，不參與政治也是不可能的，席夢娜的野心很明確，她要成為下一任統治者。

於是接近席夢娜的人不再限於年輕的少爺小姐，連年長的老貴族們也開始找機會跟她拉攏關係，可當他們看到從馬車下來的人後，紛紛愣住了。

一名俊美的白髮青年踏著優雅從容的步伐，率先下了馬車，並朝馬車內伸出手。

車裡的公主搭著他的手下了馬車，笑得像隻開屏的孔雀。

伊凡這次沒有用魔法刻意降低自己的存在感，也沒有改變眼睛顏色。這張讓人一看便忘不了的英俊臉龐、熟悉的眉眼、如吸血鬼女王般冰冷的氣息，讓周遭的人紛紛沉默了。

吸血鬼參加聖騎士長晉升儀式的事傳得沸沸揚揚，兩位吸血鬼的身分也搞得人盡皆知。

若出現的是其他吸血鬼，他們還可以說個幾句，但眼前這位可是有王族血脈的吸血鬼啊，公然批評他就是對王族不敬，再加上公主的態度已經擺明了，她就是站在吸血鬼這邊。

只有傻蛋才會在這時候跟未來的統治者作對，貴族們紛紛堆起笑容，一人一鬼登時成了人群的中心。

「公主殿下，這位是？」

「哎呀，上次真是太失禮了，居然沒認出來！這眼睛一看就是遺傳自萊特大人！看我迷糊的，哈哈！」

「我就說，萊特大人肯定在某處過得好好的，你們看吧！如今他兒子都長這麼大了，萊特大人過得還好嗎？身體是否無恙？」

「奧斯曼少爺，我是你父親的——」

「你叫誰奧斯曼？」伊凡一個冰冷的眼神掃去，把對方凍在原地。「我是艾路狄家的代理領主，伊凡・艾路狄。管好你的嘴，別亂叫。」

此話一出，現場瞬間安靜。

這麼多年，就沒見過一個吸血鬼是好相處的。那些早就接觸過吸血鬼的貴族在一旁幸災樂禍，沒接觸過吸血鬼的貴族則被狠狠震撼，同時也佩服起失蹤一段時日的尤里西斯。

能讓艾路狄家和薩托奇斯家的吸血鬼領主出席自己的升官典禮，這得是多大的面子啊。

「我們走吧。」席夢娜笑盈盈地挽住自家堂哥的手腕。她能預料到之後會有多少貴族想邀請伊凡參加宴會。但很可惜，艾路狄家的吸血鬼只喜歡窩在自家領地過他們的小日子。

在兩人踏入神殿後，立即有一名神官出來接應。神官瞄了伊凡一眼，皺著眉問道：「公主殿下，這裡畢竟是太陽神的殿堂，您的朋友恐怕不適合——」

「那曼德拉草恐怕也不適合賣給貴殿。」

「——不適合我等寒酸的招待，哈哈哈，兩位這邊請、這邊請啊。」

一般人肯定得在大禮堂等待儀式開始，但席夢娜既是王族又是大信徒，所以神殿特別允許她在儀式開始前與聖女私下會面。

艾蕾妮早就得知他們要來，提前把隨侍的女神官們差遣出聖女專用的祈禱室。

一看到兩人過來，艾蕾妮微微瞇眼，看了伊凡的光之劍耳墜一眼，隨即頷首示意。

「參見奧斯曼玫瑰。」艾蕾妮用生疏的口吻對席夢娜說道，隨後對吸血鬼露出笑容：「伊凡，好久不見。」

席夢娜被這差別待遇氣得腮幫子都鼓起來了。「聖女大人，我跟您見面的次數比較多吧，怎麼看起來您跟我堂哥比較熟呢？」

「您誤會了，公主殿下。我跟所有人都保持平等的距離。」

「是嗎？」

眼見席夢娜一副準備辯論的樣子，伊凡搶先開口：「這裡不安全了，艾蕾妮。妳先去席夢娜的別宮吧，她會保護妳的。」

「什麼？」

「啊？」

兩位少女震驚地看向他。一人臉帶茫然，一人神色慌張。

「某個擁有跟初代聖女擁有類似能力的人出現了。他已經成功把尤里踢出神殿，下一個就是妳了。」

「啊，對，來我這裡吧。」席夢娜失去能言善道的能力，結結巴巴地說：「我可是奧斯曼唯一的公主，跟聖女培養感情很正常吧？不是，我是說，邀聖女來作客……」

「聽我的就對了，妳要是不答應，下場就是被吸血鬼帶走，跟那兩位聖騎士長一樣，」伊凡淡定地繼續解釋。「席夢娜會想辦法跟神殿交涉，妳這邊也配合一下，說是太陽神託夢還是神諭什麼的都好，想辦法讓自己離開這裡。」

「就、就算你這麼說……我這輩子還沒離開過這裡，也不知道行不行……」艾蕾妮也慌張起來。雖然神殿有規定聖女不得外出，但有些特殊狀況是允許的，例如因公出差、或是與重要人物交際應酬什麼的。

若會面對象是男性，神殿還能以護花使者之名派名樞機或聖騎士長跟著，可對象是公主就不好辦了。

人家公主可是國王的寶貝獨生女，年輕貌美還未婚，你派一個男性跟過來是什麼意思呢？

這話是席夢娜自己對神殿說的。把白日樞機嗆得啞口無言。

這位公主特別能言善辯，凡事都想爭個輸贏，若是事情無法被她掌控，她會輕易地將之捨棄……或是死纏爛打，直到事情如她所願為止。

現在她想要的是這個國家的聖女。

國王被她照三餐騷擾搞到不厭其煩，同意了。白日樞機說不過她，同意了。黃昏樞機怕她惹出更大的事，同意了。剩晨曦樞機和聖女本人在猶豫。

「猶豫什麼呀？又不是不讓妳回來，就去作客一陣子而已。難道妳寧願被吸血鬼綁架嗎？他們一個吃素、一個使喚人、一個搞黑色產業，比起來去本公主那作客好多了吧？」

聽到這番話，原先還在猶豫的艾蕾妮板著臉孔道：「很抱歉，我就要待在這裡。」

伊凡嘆了口氣，他請艾蕾妮稍等一下，黑著臉把席夢娜拉到小角落說悄悄話。「妳不是答應過我會好好說話嗎？是誰再三跟我保證，會用溫柔的語氣好好溝通？現在呢？有像妳這樣邀別人去作客的嗎？」

說完後，他又把艾蕾妮拉到另一個角落，悄聲給予安撫：「她沒有惡意，只是說話難聽了點，但是真心想邀妳過去的。她很期待能跟妳一起玩，真的。」

「只有一方享受的話，就不叫一起玩，」艾蕾妮不買帳。「我是奧斯曼的聖女，在這種時候更不能離開神殿。」

「太陽神有傳達不得離開這裡的神諭嗎？」

「……」

「沒有，對吧？但是我有。」伊凡撒謊了，但他認為太陽神不會計較這點。「我的神權告訴我，妳不該留在這裡。」

伊凡點了點在耳畔一閃一閃的迷你版光之劍。

「妳有妳的任務，我也有我的。這裡交給我跟尤里吧，要是我們出了什麼事，就拜託妳了。」

「……我知道了。」艾蕾妮點點頭，只是她看了席夢娜一臉，依舊面有難色。

伊凡很懷疑這兩人是如何書信往來的，這關係這麼差，怎麼做筆友的時候沒打起來。

「妳、妳那什麼眼神啊！」席夢娜被伊凡一個瞪視，結結巴巴地說：「我告訴妳，我、我……我這裡有很多書，是妳會喜歡的題材，我的別宮也有一間祈禱室可以讓妳隨時祈禱，至於安全……也不用擔心，我有培養一批實力堅強的親衛隊……」

伊凡點頭如搗蒜，依席夢娜到處樹立敵人的性子，確實需要一批親衛隊。

「這個還妳。」伊凡從懷裡掏出百合髮飾，塞到艾蕾妮的手裡。「戴著它吧，在公主的地盤裡，不會有人管妳的服裝儀容。」

艾蕾妮愣了愣，講髮飾緊緊護在胸口，面色難掩緊張地吞了口口水。「所以，你已經……安排好了？只要我離開這裡，是不是就能……」

「嗯，對。」伊凡含糊地回應，他真的很想知道席夢娜私下都寫了些什麼，都到這個地步了，艾蕾妮依然沒想到向日葵就近在眼前。

剩下的就看席夢娜自己了，這人很堅持要在浪漫的氣氛下揭開這個「驚喜」，但伊凡覺得聖女氣到回神殿的機率很高，為此他還派了貝莉安過去。就算艾蕾妮氣到不想跟席夢娜說話，那貝莉安總可以吧？據說艾蕾妮當初也很關心貝莉安的安危。

那座小別宮八成是現在最安全的地方了，不只公主的親衛隊，神殿肯定也會讓幾位神官隨行，再加上阿德曼也有派幾個人手充當護衛，自從凡納育幼院的事解決後，他跟公主建立了穩固的同盟關係。

「我知道了，我就暫且叨擾一段時日，麻煩公主殿下了。」艾蕾妮將髮飾放進口袋，一副公事公辦的口吻對席夢娜表示。

席夢娜緊咬著下唇，面色有點委屈，但她這次學乖了，沒再說些刺人的話，隨後跟伊凡一起離開祈禱室。

兩人一同在大禮堂第一排長椅入座，一個優雅自若，一個光彩奪目，特別引人注目。平民還在議論這個新來的信徒是哪個家族，但貴族圈的消息流通得很快，幾乎所有人都已經知道伊凡的身分了。

三大吸血鬼家族裡，最神祕低調的就是艾路狄家了。薩托奇斯家喜歡幹大事，蓋布爾家喜歡奢華的晚宴，艾路狄家喜歡什麼不知道，與之合作的伙伴也相當低調。結果第一位向世人公開吸血鬼身分的人竟來自艾路狄家，眾人也很是訝異。

神殿對此相當重視，在祈禱儀式正式開始前，三大樞機都來到了現場。

白日樞機走在前頭，晨曦樞機與黃昏樞機跟隨其後，這是伊凡第一次看到這三人。

白日樞機是個一身書卷氣息的老爺爺，黃昏樞機是位表情肅穆，散發生無可戀氣息的中年男子。晨曦樞機長著一張娃娃臉，頭髮捲得跟泰迪熊一樣，配上一對水潤的眼睛，不說還以為沒成年。

三人同時登場可說是給足伊凡面子了。一般而言，只有在年度盛大儀式上才能同時見到這三位，但因為這是歷史上第一次有吸血鬼公開參加太陽神的活動，所以三位都來了。

「謝謝大家的蒞臨，聽說今日有位特別的信徒來到現場。」白日樞機瞄了伊凡一眼，對眾人說：「不管你是何種身分、性別、種族都沒關係，只要有一顆虔誠的心，太陽神教永遠歡迎你。各位信徒也請放心，在場所有信徒都能接受神的恩典，該位信徒也已經得到太陽神認可。」

何止認可，我還跟你們家神說過話呢。

伊凡在內心嗤笑一聲，低頭欣賞指甲。

這般目中無人的態度讓人頗為無語，但也沒人會期待吸血鬼對太陽神有多恭敬。在議論紛紛中，白日樞機結束發言，帶領兩位樞機做了個祈禱的手勢，隨後一同離開這裡。

「是晨曦樞機！我的天啊，太幸運了，晨曦樞機竟然來到了現場，他還是一樣帥……」

「這都十年過去了，晨曦樞機的臉還是一樣稚嫩，不曉得怎麼保養的。」

「倒是黃昏樞機才上任兩年，看起來就老了十歲。」

「哈哈真的！不說我還差點忘了黃昏樞機不過二十出頭。」

伊凡訝異地看向樞機們離去的方向。原來這群人中，一臉陰沉的黃昏樞機才是最年輕的。

「等等儀式結束我們先去找晨曦樞機，」席夢娜側頭對他講悄悄話。「白日樞機也有意想見你，要跟他吃個晚餐嗎？」

「不了，若他又跟妳提起這件事，請他先跟我的『助理』連繫。」伊凡微微一笑，在講到助理時刻意加重語氣。

自從尤里西斯被留職停薪後，艾路狄家果斷撤了談到一半的曼德拉草交易。如今艾路狄家已將曼德拉草的事業交棒給伊凡，伊凡上任第一件事就是終止交易，然後把跟神殿的對接窗口交給尤里西斯。

艾蕾妮說，白日樞機為了這件事整整三天睡不著覺。

伊凡感覺幫自家血奴出了一口惡氣，連續三天都睡得很好。無家可歸的尤里西斯如今也有強勢的家族背景了，艾路狄家就是他的靠山。

不過想到昨晚的事，伊凡的火又上來了。

清晨在床上睜開眼睛時，伊凡感覺自己的世界崩塌了。

誰來跟他解釋為什麼他會跟尤里西斯睡在同一張床上，這個男人又為什麼裸著上身抱著他？說好不能親親，結果一個晚上過去，親親以外的事情都做了。

但嚴格說來，好像是他先引火上身的，他先摸了尤里西斯，還把手放到人家的敏感部位上，要人家怎麼不起反應？

但就算如此，也不該發展成這樣啊？而且他還洩了兩次……

伊凡想死的心都有了。他一個大木頭，被燒得乾柴烈火。他再也無法嘲笑那些用下半身思考的動物了。

「唔……」

尤里西斯被他輕微的掙扎弄醒，他揉了揉眼睛，下意識地吸了一口氣，檸檬馬鞭草的清爽氣味襲捲入肺。

伊凡很不習慣這個味道，更不習慣他現在跟尤里西斯都是同樣的香氣。一聞就知道他們昨晚用了同一塊香皂。

聖騎士輕輕撫弄他的長髮，小聲呼喊他的名字，聲音溫柔而繾綣。就是這樣，伊凡才無處可逃。

他故作冷靜，假裝昨晚的事沒什麼大不了的。聖騎士忍著笑，嘴上附和他。

「我會在東南側門口等你。」尤里西斯協助他著裝完後，披上樸素的斗篷，拉上斗帽。「若出了什麼問題就讓盧米飛到空中閃爍幾下，我立刻過去。」

「放心，他們不敢對我們出手的。」

巴澤爾對公主的疼愛全天下皆知，再加上伊凡已經默認自己的王族血脈，要是他們出了什麼意外，神殿就要陷入外交危機了。

這次前往神殿，除了要處理公主跟聖女的事情外，伊凡還有一個目標。

晨曦樞機。

這位神官乃是初代聖女的後裔，家族世世代代都為神殿服務，出過好幾位聖女。據說這個家族會到處尋找有潛力成為聖女的孩子，哪怕是男孩也可。

根據艾蕾妮的小道消息表示，過去曾有一位聖女便是男人之身，他也是初代聖女的後裔，因其擁有成為聖女的潛力，所以從小被家人當成女孩養大，結果還真被神殿選上，穿了十幾年的女裝。直到他年老過世，後代子孫才從他的日記裡發現這個祕密。

所以加雷特會為了成為聖女，乖乖穿上女裝嗎？不，他會直接摧毀這個職業，讓世人唾棄聖女，就像那個被眾信徒唾棄的聖騎士長一樣。

他的其中一位幫凶，就是晨曦樞機。席夢娜仔細調查過每一位凡納育幼院的贊助者，發現好幾位贊助人都跟晨曦樞機是同一家族。雖然這些人都表示對凡納斯的所作所為不知情，但席夢娜認為不過是場面話。

因為短短三十年間，這個家族就從凡納育幼院收養了五個孩子。

所幸這五個孩子確實過上不錯的生活，他們被送去神學院讀書，畢業後在神殿擔任高階神官，人生可說是平步青雲。

會從人口販子那「收養」小孩的家族是什麼德性？伊凡不清楚，但他可以確定，這些人為了得到擁有聖女潛力的人，什麼事都做得出來。

「謝謝各位今天來到這裡。」此時，艾蕾妮走到講臺上，一臉慈愛地向信徒攤開雙手。「太陽神慈悲為懷，心懷天下，只要有一顆虔誠的心，太陽神便會施予恩惠。」

真的是這樣嗎？伊凡在內心反問。

他不是信徒，卻得到了光之劍。加雷特也不是信徒，卻擁有初代聖女的能力。如果心懷天下，又為何要排擠月之神，等人走了才來後悔呢？

也許太陽之神跟他們一樣，都只是個會犯錯的凡人，只是所在維度不同而已。

伊凡很想再跟太陽之神對話一次，不過盧米沒有傳達神諭的能力，透過艾蕾妮這位虔誠的信徒傳達也有點尷尬。

神聖的殿堂灑下金色的光芒，伊凡沐浴在聖光中，感到不冷不熱，也沒被灼傷。祈禱儀式長達兩個小時，再加上艾蕾妮的聲音彷彿有催眠的能力，他聽佈道聽到差點睡著，最後還是被席夢娜點醒的。

「走吧，晨曦樞機已經在他的辦公室等我們了。」

兩人出了殿堂，立刻拐了個彎，往閒雜人等不得靠近的區域走去。晨曦樞機的辦公室旁聚集了很多愛慕者，許多神職人員會在他辦公室附近裝忙，時不時朝辦公室門口瞄一眼。看到伊凡跟席夢娜出現，眾人瞬間換上一副看好戲的表情，席夢娜要請艾蕾妮去別宮作客一段時間的消息已經在內部傳開，只要再說服晨曦樞機同意，這事就談定了。

在兩人抵達晨曦樞機的辦公室門口時，黃昏樞機正好從裡面出來。看到伊凡在這裡，黃昏樞機眼睛圓睜，但很快地又變得面無表情。

「哎喲，這不是黃昏樞機嗎？最近還好嗎？」席夢娜笑盈盈地開口問候，「我帶了新朋友來，不介意吧？」

黃昏樞機看了伊凡的耳墜一眼，搖了搖頭。

「參見帝國之花，」黃昏樞機說完，也對伊凡點頭致意，「還有艾路狄公子，代我向尤里西斯問好。」

伊凡挑起一邊眉頭，這人還有臉說呢。

「既然你們都知道他在我這裡了，怎麼還讓他留職停薪呢？」

說是這麼說，但伊凡很清楚為何神殿要這麼做。不就是為了面子嗎？尤里西斯沒犯什麼錯，只是業績沒達標而已，就因為這樣趕人走說不過去。像這樣變個花樣架空對方的職務和權力，才能逼尤里西斯自請離職。

「你們是不是該開除他？身為聖騎士長，居然投靠吸血鬼了。」

這對黃昏樞機似乎是個難題，明明是主掌審判罪刑的樞機，他卻對此沉默不語，神情複雜。

良久，他才擠出幾句：「握著審判之槌的不是我，而是太陽之神，一切皆是神的旨意。」

黃昏樞機顯然不想聊這個話題，說完後隨口一句太陽神禱詞，隨後離去。

席夢娜不屑地別開目光。「哼，這傢伙剛成為黃昏樞機時，我還以為神殿終於有希望了，結果到頭來，他跟上一任黃昏樞機也沒什麼區別。」

伊凡看著他離去的身影，沒有說什麼。

「哎呀，在外面站著幹嘛？快進來啊。」晨曦樞機笑盈盈地打開門，主動把兩人請進來。

「歡迎公主殿下、艾路狄公子百忙之中抽空過來，辦公室有點小，讓兩位見笑了。」

說是這麼說，但這辦公室比聖騎士長的辦公室還寬敞明亮，這讓伊凡不是滋味。

「確實是小了點，我的辦公室比這裡大個兩倍。」伊凡自動自發地入坐。

席夢娜跟著入坐，毫不客氣地指向書桌正後方的壁畫：「晨曦樞機，您的藝術品味不錯啊，那幅《光輝下的婚禮》我想收還收不到呢，您這幅是真跡吧。」

「過獎了，這幅畫是我祖父在二手攤位買到的，我也不確定是不是真跡。」晨曦故作靦腆地摸了摸後腦。

伊凡不得不承認，這幅畫是真的好看，連他自己也想收藏一幅。這筆觸細膩、色調鮮豔明亮，畫布上方是太陽神與他的神使，下方是初代聖女和他的聖騎士丈夫，以及一眾膜拜的信徒。

晨曦樞機的家族至今仍在追求這副光景，他們是畫中那對佳偶的後裔，在太陽神教坐擁龐大的勢力，所以就算所有樞機都同意讓聖女外出，只要晨曦樞機不同意，那也是沒轍。

在晨曦樞機的下屬端上熱茶後，晨曦樞機將人遣散出去，在兩人對面坐下。

「您們這次來，是為了聖女的事吧？」他垂下眼，嘴角的弧度逐漸往下，整個人變得沉靜許多。

「沒錯，聖女本人也同意了。你有看到我的提案書吧？我們會去偏鄉的小教堂布施，還有參訪幾間資源較為貧瘠的育幼院。太陽報社的記者和王族專屬畫師會一同隨行，將之記錄下來。正好最近有很多質疑神殿的聲音，這時候派聖女出巡可以壓住那些不實謠言。」

經過阿德曼一事後，「正義的信徒討伐吸血鬼」的故事早已淪為過時的睡前讀物，吸血鬼早已融入這個國家，受不少居民推崇。有的鬼為奧斯曼開拓新貿易路線，振興國家的就業率。有的鬼提倡藥物治療，讓那些等不到治癒術的平民百姓也能找到方法治癒自己。討伐吸血鬼不再是一句能喚醒人們希望的話語，太陽神教需要順應時代做出改變。

很多老一輩的信徒不願承認這一點，例如白日樞機。尤里西斯已離開一段時間，他仍固執地認為信仰動搖的原因是尤里西斯的失職。

這讓伊凡感到很好笑，他想看看晨曦樞機是否也是這樣的人。

「怎麼，難道你以為聖女大人只要像過往那樣待在神殿被人供養，信徒就會源源不絕地出現嗎？」

「這也是為聖女大人的安危著想。艾蕾妮大人從十歲起便待在這裡，她不熟悉貴族圈的規矩，所有的生活知識都由女神官教導、飲食也經過嚴格控制，絕不食汙穢之物，讓聖女出巡這麼久，她的身心會無法適應。」

「還不食汙穢之物，你們想像中的聖女是不是都喝空氣啊？」席夢娜毫不留情地挖苦。「你的意思是我平時都吃不乾淨的東西嗎？連我都吃得不衛生，整個奧斯曼的人平日都靠吃屎過活了是吧？」

「注意用詞。」伊凡輕輕點了點她的手背。

「公主殿下，花就該放在適合的地方生長。人們喜歡花，是因為它美麗而嬌柔，不是因為它身上沾了泥土。」晨曦樞機沒有被激怒，只是靜靜啜了一口茶，「您要是喜歡這朵花，等花期過了，您再移到自己的盆裡。到時候您愛怎樣就怎樣，但現在花養在神殿裡，您必須遵守神殿的規矩。」

伊凡挑了挑眉。「神殿養的花可真多，有的花在溫室待慣了，就以為所有花都只能養在溫室裡。」

「也有本來在外面生長得好好的，卻被神殿挪回溫室栽種的花。」晨曦樞機對上他的目光，他笑得燦爛，伊凡卻覺得看起來有點悲傷。

尤里西斯說過，這一任的晨曦樞機原先在其他地方生活，後來因展露天賦，才被家族接回來。

他在席夢娜的手背上有節奏地點了點，傳達一串隱蔽的訊息。

「這茶太難喝了，我有點想反胃，先走了。」席夢娜站起身，連告辭都懶，直接走到門口。

她在門前停下腳步，回眸看了晨曦樞機一眼。

「你好好想想吧，你如此細心養的花有獲得信徒的踴躍支持嗎？今天廳堂的椅子都沒坐滿，好幾位熟悉臉孔也沒出席。我們未來還有很長的時間會一起共事，你最好想清楚。」

「公主殿下這是在威脅我嗎？」晨曦樞機做出一副害怕的樣子。

「我哪敢呢？」

席夢娜哼笑一聲，關上了門。

砰一聲，一人一鬼看著闔上的門扉，一股微妙的氣氛在辦公室內流竄。

「公主殿下可真幸運，要是她有個像萊特殿下這樣的對手，肯定不會這樣說話。」

「若她不強勢一點，就換她被人說話了。」伊凡清楚神殿當初是怎麼在背後抨擊他父親的，他對這拉攏手段一點也不買帳。

晨曦樞機笑了笑，逐漸斂去笑容。

「艾路狄公子，花是無權決定自己的命運的。被誰摘下、種在哪裡，都是由別人決定，花唯一的拒絕方式只有死亡而已。把花留在溫室，是神殿愛花人士的共識。」

這人說話怎麼這麼拐彎抹角呢？伊凡心想。不就是在講他無權決定艾蕾妮的去留，只是負責轉達而已。至於他指的神殿養花人是指誰？八成就是他的家族。

「比起花，你應該更喜歡曼德拉草。曼德拉草在腐朽的環境裡生長，拔出土時，滿身都是泥巴，哭得比誰都大聲，即使被切掉一部分，依然能再生。」伊凡打趣地觀察他。「改天送你一盆吧。」

「我不喜歡吵鬧的植物，那讓我頭疼。」晨曦樞機客氣地婉拒。「您留在這裡應該不是為了跟我討論園藝吧？」

「我有一位朋友，他極有潛力，能振奮人心、帶動氣氛。他想成為太陽神殿的一份子，但我認為他的個性不適合。」

「真幸運，不是所有人都有振奮人心的天賦。」晨曦樞機的語氣聽來有點酸。

「樞機大人覺得怎麼樣？您覺得這樣的人有成為大神官的潛力嗎？」

「若能得到現役大神官的賞識，自然是有機會的。」

也就是說，不論個性如何，只要能拉攏到一位大神官做後臺，就有機會成為神殿高層。

「個性如何不重要，沒人規定神職人員就該是什麼個性，只要不是會破壞溫室的個性就行了。」

「這還真不好說。」伊凡頓了頓，壓低嗓音道：「不過呢，如果是他哥哥就不一樣了。」

晨曦樞機瞳孔一縮，這個細微的情緒變化被伊凡捕捉到了。

「我那朋友呢，有個哥哥，他們小時候感情很好，可某年他們家發生火災，哥哥被火燒傷，陷入重度昏迷。所有人都以為他死了，只有我知道，他還活著。」伊凡垂下眼簾。「我爸爸是醫生啊，我知道他沒死的。總有一天會再度甦醒。待他醒來之時，一定會阻止我朋友。」

所有住在森林的老居民都對這場災難記憶猶新，在六年前的夏天，蓋布爾的領地發生火災，糧食倉在火災中付之一炬，大量農田受到波及，蓋布爾領地的新任領主也在這場災難中殞落。

但沒說的是，其實沒人知道歐米爾最後怎麼了。伊凡也是看了《吸血鬼帝王》才知道歐米爾沒有死。他試圖在言語上誤導對方，事實證明很有效。

「這不可能。」晨曦樞機神色凝重地否認。「他哥哥不可能再回到人世間了。」

「你怎麼知道？莫非你當年也有幫忙滅過火？」

晨曦樞機閉了閉眼，彎下身子，雙手撐著鼻梁。他沉默許久，再度抬起頭。

原先那對暗褐色的雙眸，竟變成紅棕色的。

伊凡愣了。「你……」

「此話當真，艾路狄公子？」晨曦樞機的嘴唇微張，露出比常人稍尖一點，不怎麼顯眼的獠牙。

「你是吸血鬼？」伊凡簡直不敢置信，他還覺得自己已經夠奇怪了，堂堂一個吸血鬼竟然去神殿接受太陽神祝福。結果竟然來個更誇張的！太陽教的大神官竟然也是吸血鬼？這麼多年竟然沒人發現？

「基本上算是人類，只是有幾位祖先是吸血鬼而已。」晨曦樞機指了指掛在書桌後的大壁畫，面露苦笑。「你不會以為初代聖女這一生只有一位愛人吧？她曾在吸血鬼的地盤住了好幾年呢。」

伊凡想起之前在廣場上聽的那首歌，有一句是「少女卻拂袖而去，沒入了黑夜之中」。結果那個黑夜是指吸血鬼的地盤？初代聖女在奧斯曼森林待了幾年，後來才被聖騎士接回王城？伊凡家的史書沒記載這段歷史，阿德曼如果知道這件事肯定會拿出來炫耀，看樣子這聖女是待在蓋布爾家了。

「所以你……你是……初代聖女跟吸血鬼的……後代？」

「別這麼驚訝，這個國家的半吸血鬼比你想像中來得多，只不過他們都是來自蓋布爾的血脈，跟我一樣。所以你明白我的意思了吧？蓋布爾家對人類情有獨鍾，他們容易愛上人類，卻不懂如何愛一個人。很多半吸血鬼後裔離開領地，在外面結婚生子，與家族斷絕關係。也有像我這樣的吸血鬼遠親，世世代代都被領主監管著。」

這是《吸血鬼帝王》完全沒提的資訊。

曾有讀者討論過書名，《吸血鬼帝王》指的是吸血鬼們的王，還是吸血鬼身分的王？亦或者兩者都是？伊凡沒看結局，他一直以為是第二個，可現在看來兩者都是。初代聖女是建國之時的古老神話人物，若當年她成功誕下吸血鬼之子，經過千年，這後代也多到足以建立一個城鎮了。

「所以你是蓋布爾領地的居民？」

「曾經是，但我後來被神殿愛花人士看上了。」晨曦樞機平靜地解釋。「但我的資料紀錄在蓋布爾家的血奴手冊裡，一查就查得到。」

他曾是蓋布爾家的所有物，這是白紙黑字的事實，永遠都逃不過。

伊凡沉默不語，忽然明白為何《吸血鬼帝王》的艾蕾妮會遭遇不測。這些具備天賦的孩子在某些人眼中不過是一盆名貴的花朵，可以買進，當然也可以賣出，花是無權決定自己的命運的。

「所以我無法拒絕加雷特少爺的任何要求。一旦吸血鬼的身分暴露，連我的家族也保不住我。」

晨曦樞機的眼眶越發濕潤。「若真能換個人來執掌蓋布爾家，是不是就能讓我自由了？」

「……雖然不能跟你保證，但很有可能。」伊凡認真地說。「勸你早點換個陣營，你現在協助我，到時候我還能幫你跟歐米爾交涉，或是趁亂把那本血奴名冊燒掉，徹底跟蓋布爾家斬斷了關係。」

「若能把血奴名冊燒掉是再好不過了，對我來說，那兩兄弟都不是什麼好東西，蓋布爾家從沒出過一個好東西。」

這還是伊凡第一次聽到有人如此評價歐米爾。

「你接觸過歐米爾嗎？」

「當然了，我今年都三十八歲了，怎可能沒見過歐米爾少爺呢？」晨曦樞機笑了。

伊凡震驚地看著那張恍若剛成年般稚嫩的臉孔。

「我年輕時住在蓋布爾領地的偏遠村落，那時管理我們村莊的是前任領主的親戚，他是個有種族歧視的卑劣吸血鬼，真可笑，明明都是能被鏡子照出身影的同類。某天他想侵犯我的父親，被我用聖火活活燒死。這件事傳到當時領主的耳裡，於是就這麼被帶到蓋布爾的宅邸裡。」晨曦樞機眉頭鬆開不少，開始娓娓道來。「前任領主很中意我的血液品質，把我派去餵他兒子。當時歐米爾少爺還是個小嬰兒，咬人卻痛得不得了，還喜歡把人咬得坑坑疤疤，最後才吸血。」

伊凡皺起眉頭，在他的印象裡，歐米爾對血奴還挺不錯的，他的身邊總是有血奴跟著，這些血奴找到機會就會湊上去，祈求他的垂憐。

「儘管我不喜歡，但這已經是宅邸裡最好的工作了。負責服侍西西特老爺的血奴總是換了一批又一批，我曾試著拯救那些人，但到最後，一個都沒救成，甚至有人求我別再施展治癒術。我也曾想過要殺了西西特老爺，但他身邊還有一堆半人半鬼捧著，根本沒有機會。」

伊凡對這位前任領主很陌生，他的母親禁止他踏入蓋布爾家半步，若蓋布爾的領主主動來訪，伊若娜便會把他趕回房間。家裡的人鮮少在他面前提到這號人物，所以伊凡只知道這位吸血鬼不是什麼好人。

「也許是治癒術施展得太好了，我的神蹟傳到當今享有盛名的神官家族耳裡，他們接受蓋布爾開的天價贖金，將我買下。」

但過去不會就此消失，不論他走到哪裡，總能聽見黑暗中傳來的囈語。

在他看不見的地方，人們會討論他曾在什麼地方待過、經歷過什麼事，沒有一件是他願意的，但傳到後來卻都像他自己招惹的。

他就像一朵野花，雖美麗盛放，卻永遠無法跟那些被精心照料的花朵混為一談。

早在踏入神殿之前，他的雙手就已經沾滿鮮血。「我能說什麼呢？我生來就個罪人。」晨曦樞機微微一笑，做了個祈禱的手勢。

「你……」

晨曦樞機知道他要說什麼，伸手示意他別說。「我的罪行只有神能審判。」

伊凡改口：「我會燒了那個名冊的。」

「若真是如此，就太感謝了。」晨曦樞機點點頭。「既然艾路狄公子如此有心，那我這邊也會給聖女大人喘口氣的機會，讓她去神殿外走走。若您成功讓蓋布爾家別再插手神殿的事，我也會請求白日樞機讓尤里西斯回來，並還他應有的名譽。」

伊凡哭笑不得，說得好像他付出很多似的，這些本來就是他該做的事。

「那也得看尤里願不願意，他在我這裡過得挺好的。」伊凡對他投以挑釁的眼神。

晨曦樞機笑了一聲，淡淡地說：「艾路狄公子可真有本事，那孩子像棵大樹，不論遇上再強的風雨都不會折腰。您能成功把這棵樹挖回自己家裡種，我也是佩服。」

「因為在我眼中他是人，不是樹。」

晨曦樞機沉默下來。

伊凡看不透他的眼神，他想像起《吸血鬼帝王》的後續劇情，在結局之後，晨曦樞機有獲得自由嗎？歐米爾有好好補償他嗎？

是的，歐米爾，他是《吸血鬼帝王》裡唯一的好吸血鬼，雖然伊凡沒看到他登場，但故事種種跡象都表示歐米爾還活著，他是最優秀且最善良的吸血鬼，擁有純淨的血脈、過人的領導者魅力以及一顆想跟人類和平共處的心。

善良的人總是死得早，曾有一位讀者這樣說過。

就伊凡在《吸血鬼帝王》讀到的資訊，歐米爾本應該是蓋布爾家的救世主，但加雷特嫉妒他的兄長，在火災時親手將哥哥推入火海。可只有太陽神的光輝能徹底殺死吸血鬼，所以歐米爾其實沒死。他的追隨者把他偷偷藏在蓋布爾領地的某個角落，每日以鮮血滋養，盼望著他的甦醒。

歐米爾究竟是何時醒的？伊凡不太清楚，他只知道在尤里西斯孑然一身前往蓋布爾領地跟加雷特一決死戰時，歐米爾有出現在森林一角。在那之後伊凡就不曉得了。

根據他對自家血奴的了解，尤里西斯肯定不會殺他，還有可能把奧斯曼森林交給他管。有個吸血鬼留下來收拾同類的爛攤子是再好不過的事。但這對晨曦樞機而言可不是好事。

「我那鄰居呢，個性有多惡劣你也是知道的，要把他趕回森林可不容易。若你這邊不肯多幫忙，憑我一人也是很難辦的。」

「您需要我做什麼呢？」晨曦樞機故作疑惑，眼裡卻閃過一絲精光。

沒有人比晨曦樞機更懂如何跟吸血鬼合作了，他們討論了一段時間，在太陽逐漸沒入地平線時，晨曦樞機從書桌隱藏夾層裡，取出幾張圖紙。

「順便替我處理這東西吧，艾路狄公子。」

伊凡疑惑地攤開，裡面的內容讓他震驚了。

一張是整個蓋布爾領地的地圖，上面標示出村落、地下水道和洞穴的位置，還有條彎彎曲曲的箭頭通向薩托奇斯領地。另兩張是蓋布爾宅邸的平面圖，上面有密密麻麻的小註記，每一筆都是掙扎過的痕跡。

「你……你……都不怕被發現嗎?要是被蓋布爾家發現了，你會死得很慘的。」

「是的，所以替我處理掉吧。我只是不甘心就這麼燒掉，所以一直留到現在。」晨曦樞機灑脫地表示。「當年有一批人策劃逃離領地，我有參與。你看，這一區宅邸房間是我繪製的。後來我被帕帕多普家買走，就沒參與後續了。」

「你這逃脫路線通往薩托奇斯領地啊，就不怕被薩托奇斯的吸血鬼逮到嗎?」

「被抓去強迫吃素嗎?那也是挺好的。」晨曦樞機開了個玩笑，隨後聳了聳肩:「好吧，是有點風險。但被當場殺掉總比想死卻死不了來得好，不是嗎?」

伊凡不知道他為何還笑得出來，他慎重地把圖紙收進懷裡，跟他道了謝，過沒多久便走出辦公室。

「事情還順利嗎?」

尤里西斯在一處無人巷口等候許久，一看到他來，立即上前迎接。

「嗯，順利到我有點後悔沒早點這麼做。」

「這很正常，我也常常發生這種事。」尤里西斯喃喃:「總覺得只有神才能做到完全不後悔。」

「神也是會後悔的。」伊凡想到太陽神的淚水，忽然覺得好多了。既然連神都會後悔了，他又有什麼好說的。

兩人頭也不回地離開神殿，走向陽光無法觸及的黑暗巷弄。

Chapter.5 藍鬍子的祕密花園

「可以啊，伊凡，你居然搞到了這東西，那個血奴也是把自己的命交給你了。」

在薩托奇斯的宅邸裡，阿德曼戴著眼鏡，津津有味地看著地圖。經過一段時日，阿德曼的眼睛已經好多了，雖沒辦法恢復到以前的視力，但也不至於全盲，戴上眼鏡還能搶救一下。

只不過，這張地圖繪製得太過細密，他看得很辛苦，臉都快貼到地圖上了，最後索性交給薩托奇斯的總管家——服侍過兩代吸血鬼家主的費尼先生。

「居然有這種事，我怎麼從來不知道有這地方！」費尼看得氣急敗壞，嘴中不斷碎念：「這群老鼠竟敢非法入境薩托奇斯……」

他話說到一半，頭皮發涼，抬頭一看，兩道冷冽的目光看著他。顯然艾路狄家的吸血鬼主僕不喜歡他的用詞。

「真、真是群可愛的小田鼠，下次放些蔬菜餵食他們吧。」

伊凡冷漠地挪開目光。「帶我們去那裡，我們要潛入蓋布爾領地。」

這張地圖完美繞過蓋布爾家的幻影結界，一條長長的洞穴從廢棄村落附近通到隔壁領地，至於到了薩托奇斯領地要如何逃脫，沒人知道。阿德曼推測從懸崖跳下，費尼推測潛入村莊，假扮村民。

「我怎麼不知道這地方有洞穴？所以一直以來我薩托奇斯家跟蓋布爾家是互通的？」阿德曼感知了下自己的幻影結界，越發納悶。他從沒在那附近感知到陌生人闖入。

「少爺，一定有村民知道這件事！我現在就去質問他們──」

阿德曼伸手按住他的手臂。

「行了，別管他們。誰沒幾個祕密呢？」阿德曼瞄了一眼正在努力研究宅邸平面圖的布魯迪，小血奴正在管家的教導下努力學習辨認地圖。

「現在重點是那個洞穴，要是這地方早就被蓋布爾發現，那我們最好檢查一下寶庫，誰曉得加雷特那小子會不會跑來偷東西？如果他不知道就還好，換我們潛入他家偷東西。」

「你也要跟來？」

「當然啊，這麼好玩的事怎麼可以不算我一份！」阿德曼哈哈大笑。

說是這麼說，但伊凡知道他是為了領地才這麼做。他和尤里西斯對視一眼，隨後點點頭。

「知道了，那就一起去挖屍體吧。」

「啊？」

「歐米爾還活著，我們要去把他找出來。」

「等等，他不是六年前就死了嗎？」阿德曼震驚地身體向前傾，雙肘放於膝蓋上。「他不是嚴重燒傷，全身都成了銀炭？」

「但他是純血吸血鬼，只要器官沒受到永久性損傷，就有恢復的可能。」

阿德曼觸摸自己的眼角，感覺這機率微乎其微，萊特告訴他，這眼傷就算要好，也得等上好幾百年，純血吸血鬼的治癒力也是有極限的。更何況那是燒傷，他們吸血鬼對明亮炙熱的攻擊特別沒轍。

不論如何，在場沒人參加過歐米爾的葬禮，所以誰也不確定歐米爾最後到底怎麼了。有可能早已化為塵埃，也有可能仍沉睡於蓋布爾宅邸深處，一切都不好說。

「嘖，聽你這樣講，我越來越不確定了……雖說加雷特是說已經把他哥埋葬了，但依那小子對他哥的迷戀程度……」

那是迷戀嗎？伊凡不曉得，但以前加雷特確實很黏哥哥，只有遇到歐米爾時態度才會軟化，其他時候都是個渾球。

「我已經攔住為他做事的神殿共犯之一，他現在也很難再在貴族圈擴張勢力了。」

《吸血鬼帝王》的加雷特在神殿累積一眾勢力，並成功拉攏國王進自己陣營，讓尤里西斯陷入四面楚歌的局面。而這一次，伊凡要讓加雷特嘗嘗同樣的滋味。

「若再讓歐米爾甦醒，加雷特就沒戲唱了。醒不來也沒差，大不了跟他決一死戰。」

伊凡原先不想這麼做，但聽完晨曦樞機的故事後，他認為有必要推翻蓋布爾家的統治，尤里西斯也是這麼想的。

「不是吧，你真要跟他撕破臉啊。」阿德曼像是聽到什麼有趣的事，輕笑出聲。「過去可沒有一個吸血鬼領主敢這麼做啊，伊凡，你就不怕我趁你們打得兩敗俱傷時，將你們一舉拿下嗎？」

這是歷代吸血鬼領主都在擔心的事，誰都想成為奧斯曼森林唯一的吸血鬼領主，可誰也無法預料最後的贏家會是誰。

「我不怕，因為我相信你不會想這麼做，這划不來。」伊凡也表現地相當從容。「就算殺了我跟尤里，你也無法消滅艾路狄家。我爸媽很強，況且現在還有伊里歐。」

阿德曼嘖了一聲，這他無法反駁。他確實領教過艾路狄一家的實力。吸血鬼女王的實力無庸置疑，那個看起來像軟腳蝦的人類伴侶也不是簡單角色，能一臉淡定地給人下藥和處理屍體，他們的半吸血鬼寶寶竟然還會浮空魔法。

傻子才會跟他們作對。

「但你還是需要我的力量，對吧？小少爺。你的對手可是一個純血吸血鬼。」阿德曼笑咪咪地說。

其實並非純血，儘管加雷特極力隱瞞這點，但鏡子仍出賣了他，不過這一點伊凡認為沒必要對阿德曼說明。

「是我們的對手吧？你家都被入侵好幾次了。」伊凡含笑回擊。

一直默默站在伊凡身後的聖騎士開口了：「你最好搞清楚自己的立場。」

尤里西斯的目光陰暗，一手也放到了劍柄上。面對如此狂妄的言語，阿德曼竟沒有被激怒，反而覺得很有趣。

他從沒看過尤里西斯露出這樣的表情。

「好了，沒事。我們只是鬥個嘴而已。」伊凡向後伸手，拍了拍尤里西斯的手背，扳開緊握劍柄的手指。這招十分有效，聖騎士立即鬆開劍柄，手指輕輕勾住細白的指尖，像是在挽留。

阿德曼嗅到一絲曖昧的氣息，有點甜，帶著若有似無的誘惑感。他第一次在伊凡身上聞到這樣的氣味。

吸血鬼意識到什麼，笑著大聲說道：「要合作可以，但我可不想跟你倆一起過夜啊，我怕聽到什麼不該聽的。」

「啊？」伊凡愣了一下，臉頰泛起淡淡血色。「你在胡說什麼！」

「就算有也不會給你聽到。」聖騎士冷冷地回。

「尤里西斯！」

伊凡惱羞成怒，給了自家竹馬一個警告的目光，又回頭怒瞪自家血奴，但已經太晚了，在場還有薩托奇斯的管家和未成年的小血奴在呢。

「這茶涼了，我去重新泡一壺。」費尼管家識相地找藉口溜了。

布魯迪一樣埋頭畫畫，完全沒在聽他們講話。

「行、行，那就合作吧。等太陽下山就出發。」阿德曼做出投降的手勢。

「為防萬一，先吸點血吧。」尤里西斯提議。

「這麼好啊?也借我吸個幾口吧？」

「你先給伊里歐吸幾口再說。」

這番回答確實踩到痛處，阿德曼的臉色一沉，不再說話了。

＊

太陽沒入地平線，黑夜生物們紛紛鑽出陰影，在森林有意無意地遊蕩。

一隻烏鴉在樹林上方展翅翱翔，忽然眼角餘光看到幾隻蝙蝠，心中湧起一股怒氣，打算上前給這群不速之客一點顏色瞧瞧。

但下一刻，牠便聽見熟悉的聲音，瞬間把蝙蝠拋在腦後，興奮地俯衝而下。

「不覺得你的跟班很吵嗎？這下全世界都知道我們跑去蓋布爾領地了。」

伊凡不耐煩地指了指天上盤旋的烏鴉群。

他坐在尤里西斯的愛馬身上，不太自在地挪了一下。

「沒辦法，誰教我太受歡迎了。」阿德曼撥了撥頭髮，烏鴉們叫得更大聲了，連他身下的馬也跟著叫了。

「你怎麼也跟著叫了？你這還是艾路狄家的馬嗎？」伊凡氣呼呼地看著阿德曼身下踏著雀躍步伐的黑馬。

氣死他了，要不是尤里西斯要求，他也不會把馬借給阿德曼騎。本來他跟尤里西斯是一人騎一匹馬過來的，結果要出發了，阿德曼卻堅持要用跑的。這人在樹林間跟猴子一樣，用跑的沒幾秒就不見人影了，伊凡要求他一起騎馬，結果阿德曼表示自己只會騎駱駝，非要伊凡載他。

想當然爾，尤里西斯不會答應。於是就成了現在的局面，伊凡跟尤里西斯共騎一匹馬，阿德曼自己騎一匹。

即使看不清楚，阿德曼也能在森林間來去自如，他用氣味描繪森林的模樣、用記憶見證這裡的一草一木，他是這座領地的主人，每一個住在這裡的居民都很樂意供他差遣。

沒過多久，他們便抵達地圖標記的洞穴入口處。

這處洞穴入口十分隱蔽，它藏在陽光無法觸及之處，入口處還算寬敞，足以讓一個成年人大搖大擺走進去，這讓阿德曼很疑惑為何至今為止都沒被發現。

不僅如此，跟隨他們的蝙蝠和烏鴉全都與洞口保持一段距離。兩位吸血鬼分別與自家使魔交流，結果得到模稜兩可的回答，蝙蝠們告訴伊凡，祖先有交代不能靠近這裡，至於為何他們也不清楚。烏鴉們則表示裡面住著貪吃的龍。

「什麼龍？有龍我怎麼會不知道？」阿德曼納悶無比，他可從沒聽說過這件事。

就伊凡所知，這世界的龍有一對大翅膀和小圓肚，就是童話故事裡常見的西方龍。龍跟吸血鬼一樣都是地盤意識很重的種族，沒有一隻龍會委屈自己住在吸血鬼的地盤。

「去看看吧，龍是危險性很高的魔物，若真有龍要盡快處理。」某個屠龍英雄一聽到關鍵詞，便自動自發地進去了。

「給我站住，聖騎士。就算有龍也是屬於我薩托奇斯家的，別想趁機挖素材。」阿德曼趕緊追了上去。

伊凡搖搖頭，他跟在後頭，沒走幾步，便發現一個湍急的地下河流，可他們並沒發現堆積如山的寶石，或是龍的足跡。

這地方真的住著龍？伊凡疑惑地伸出手，在河面上建造一道簡易的冰橋，他一邊走一邊穩固冰橋，眼角餘光忽然瞄到一道潛伏在水裡的黑影。

「伊凡！」聖騎士一個箭步上前，一把撈起伊凡，帶他撤回岸邊。同一時間，幾隻兩尺長的藍色蠑螈冒出水面，其身形細長，還有一對犄角樣子，確實像極了東方故事裡出現的龍。

這裡顯然是蠑螈們的地盤，牠們憤怒地朝三人撲過去，可下秒，一道黑影閃過，幾隻蠑螈瞬間倒在地上，鮮血四濺。

「喲，這是在幹什麼啊？竟敢攻擊這座森林的領主。真是活膩了。」阿德曼站在血泊之中，笑著轉了轉手上的刀。

僅存的蠑螈們嚇得四散而逃，伊凡則一本正經地糾正：「是其中一位領主。謝謝，」

換作是一般人，早就被這些蠑螈秒殺了。但阿德曼是什麼人？在視力受損後他的其他感官更加敏銳了，動作甚至比以前更加敏捷，但那些蓋布爾的領民們可就沒這麼厲害了，伊凡可以想像有多少人在此葬命。

「這些傢伙還不知道這裡是誰的地盤啊？哈哈。」阿德曼踏上伊凡重新打造出來的冰橋，「回頭我就在這建個祕密基地，得教教牠們誰才是老大。」

看著阿德曼囂張的背影，伊凡哭笑不得，他敢肯定幾百年後的阿德曼肯定還是這副模樣。

所幸蓋布爾家還沒發現這裡。他們循著蠑螈的足跡來到另一處出口，一處破舊的繩梯從上方的洞口垂下，仰頭一看竟是從水井往上望去的景色。

他們爬上繩梯，正式踏上了蓋布爾家的領地。

這是一座廢棄的村莊，似乎有場大火曾襲擊過這裡，處處都是燒灼後的痕跡，經過這麼多年，這些破舊的殘骸依然殘留著隱隱熱度，街道上還有飄揚的灰燼。

彷彿有股黏稠的恨意凝結於空氣中，這裡的氣氛沉重得令人窒息。

「……這裡還住著很多人。」伊凡的目光飄向躲在破碎窗框裡的幽靈們。這些居民在死後仍困在這裡，反覆經歷生前的痛苦，這裡異常的高溫就是證據。

換作是一般人，早被這些冤魂拖入地獄了吧，可惜他們不是普通人。

幽靈們與伊凡一行人保持距離，有的眼神恐懼，有的神情哀怨，也有人憤怒地發出咆哮，但在尤里西斯的手上出現一團聖光後，所有人消失無蹤。

「這地方怨氣太深，繼續放任不管恐怕會成為死靈生物的溫床。」尤里西斯下意識地評估起這裡的危險性，以及所需人力。「恐怕得派個大神官——」

「說什麼呢這不是正好嗎？這裡的領主已經是不死族了。」阿德曼哈哈笑著拍了拍尤里西斯的肩膀，其力道之大，直接打斷聖騎士的碎念。

「我覺得晨曦樞機會有興趣淨化這裡。」伊凡覺得這地方很有可能就是晨曦樞機的家鄉，他知道自己的家鄉變成這樣了嗎？

此時，一具成了焦炭的屍體從地上爬起來，朝他們指了個方向。

「謝謝你，如果是陷阱，我們會回頭找你算帳的。」伊凡禮貌地頷首致意，屍體抖了一下，隨後化作灰燼散去。

他們順著這個方向，來到一座花園，上面插了好幾根巨型十字架，十字架兩頭還掛著鐵鍊，看起來有人被綁在上面烤過。

「這是什麼變態的家族啊，居然會對領民處以火刑？」阿德曼也看呆了，他圍著十字架打轉，越看越驚奇。「怪不得這些人說什麼也要逃走，這時代誰還在玩燒女巫遊戲啊？簡直是野蠻人。」

「……不。」聖騎士忽然開口了。「這幾具十字架都沒有被燒過的痕跡，由此可見被綁在架上的不是人，而是吸血鬼。」

在場的吸血鬼紛紛看向他。

「該不會是那個早該退休的聖騎士老頭做的吧？」

「不。若真是如此，老師不會放那些幽靈不管。」尤里西斯十分肯定地表示。「沒有一個聖騎士會漠視這些冤魂。」

伊凡與聖騎士面面相覷，透過尤里西斯的眼神，伊凡開始質疑賈克森的叛變並不單純。

他試圖跟這些鬼魂溝通，但他們一看伊凡走過來便躲得遠遠的，最後是尤里西斯上前交涉。

「他們說被綁在架上的是之前管理這座村莊的吸血鬼與其同伙。因為他們很壞，不肯聽話，所以被處罰了。」

伊凡覺得這說詞有點詭異。

一名臉融化一半的老太太搭著聖騎士的手臂，如泣如訴地重複一句話：「都是他們害的、都是他們害的……」

「明明乖乖投降就沒事了。」一個死人幽幽說道。「為什麼不肯乖乖聽話……」

「死不足惜！」灰燼中傳來悲鳴。

「所以他們是不聽誰的話？」伊凡神色異樣地看著被幽靈們圍繞的尤里西斯。

「領主大人——」

「領主大人的話是絕對的——」

尤里西斯問了好幾次領主是誰，結果幽靈們把蓋布爾家的祖宗十八代都講了一遍。

阿德曼在一旁樂不可支，尤里西斯感到無奈，伊凡開始回想《吸血鬼帝王》的劇情。

在原作裡，尤里西斯在前往蓋布爾宅邸時好像有經過這裡，但只用寥寥幾筆帶過，說是他發現一個怨氣很重的村莊，順手施展一個大聖光術，淨化所有亡魂。

但現在肯定是不能這麼做的，沒有小偷會在偷東西時把燈打開。

「我聽老爸說過，蓋布爾家權力更迭得很快，比較幸運的領主能在任幾十年，也有的領主上任不到幾個月就意外身亡。」阿德曼撿起一顆鼻骨碎裂的骷髏頭，興致盎然地打量著。「大多數領主在上任後會殺掉前任領主的所有心腹，以絕後患。這些吸血鬼八成也是權力更迭的犧牲者。」

「那些追隨前任領主的吸血鬼應該都死了，加雷特不會讓他們活下來。」伊凡凝視著在月下閃著寒光的十字架。

現在唯一屬於蓋布爾家的吸血鬼眷屬應該只剩賈克森一人了。

「你還記得當年那場火災是怎麼發生的嗎？」

「誰知道呢？加雷特說是乾旱引發的意外。」

伊凡若有所思。

會不會他誤會加雷特了呢？《吸血鬼帝王》有很多資訊都是錯誤的，他一直以為是加雷特利用這場火災害死歐米爾，也許事情並非他所想的那樣。

如果歐米爾沒死，至今也二十歲了。他在十三歲時成為蓋布爾領主，十四歲那年發生意外。一個十三歲的少年鬥得過他的父親嗎？能乾淨俐落地把上一派的餘黨全數消滅嗎？伊凡覺得很困難。

「歐米爾是怎麼推翻前任領主的呢？」伊凡喃喃。「他也不是那種會把敵人全部殺光的人吧？他會收留那些投降的吸血鬼。」

阿德曼諷刺地輕聲一笑，語氣有點悲涼：「所以他是被自己的仁慈害死的？」

此時，尤里西斯終於擺脫那些幽靈，朝他們走來。

「這裡的居民已經不記得過了多久，可以確定的是，當年有些人跟著吸血鬼走了。」尤里西斯眺望遠方，那裡正是蓋布爾宅邸的方向。「屠村的人是個吸血鬼少年。」

伊凡跟自家竹馬心照不宣地對視一眼，一同看向同樣的地方。

「我們走吧。」

一行人告別此地亡魂，往那棟藏有無數悲劇的宅邸前進。

蓋布爾家的莊園是三大吸血鬼家族中最為豪華的，這裡就像個遺世獨立的小國家，家族成員眾多，派系錯綜複雜，領地內還有個價值連城的礦山。他們是奧斯曼最古老的吸血鬼家族，但如今早已不如以往輝煌。

一名吸血鬼青年站在被白雪覆蓋的花園裡，他的身姿挺立，宛若一朵遺忘時間的黑玫瑰，獨自在冬夜裡盛開。

加雷特不喜歡冬天，因為到了冬季，這片花園就會被白雪覆蓋。

這裡曾是歐米爾的專屬花園，他的花園裡種著各式各樣的花朵，隨時都能看到蝴蝶在花叢間嬉戲。歐米爾常常跑到花園裡，一待就是一整天。

他的哥哥總是帶著笑容，唯一哭的一次就是看到自己的花園被破壞時。

在他去世後，加雷特試著打理這座花園，但不論養什麼都枯死。血奴們告訴他，該給這座花園換土了，但加雷特認為，歐米爾肯定不願他這麼做，所以一直沒有答應。

「你怎麼又跑來這裡？」一個低沉的嗓音從他身後傳來。

加雷特不用回頭就知道是誰。

「我本來就該待在這裡。」如果是歐米爾，就會待在這裡。

「雪越下越大了，先進屋吧。」老聖騎士站在一旁，平淡地勸告。「木炭快不夠了。」

聞言，吸血鬼轉過身，覆在身上的白雪紛紛落下。

「入冬前不是進了一批嗎，怎麼這麼快就沒了？」

「一直以來的進貨數量本來就是不夠的。」賈克森將庫存報告遞給他，不用他催，吸血鬼便自動邁開腳步。

一路上加雷特都沒有說話，賈克森知道他這是不開心了。這也難怪，最近加雷特屢屢受挫。他本想讓那個聖女出意外，並在眾人悲痛之時，站出來展現神蹟，攏絡民心。但現在聖女跑到他管不到的地方，對此晨曦樞機也是兩手一攤表示沒轍。

貴族那邊更不用說了，現在人人都想跟伊凡拉攏關係，茶餘飯後的話題都是他，他可是個受太陽神殿認可、擁有王族血脈的吸血鬼，跟他一比，沒人會站在加雷特這邊。

賈克森不得不承認，那個半吸血鬼確實有本事。

有些人生來就是要成為聖騎士長，也有人天生適合當領主。賈克森比誰都清楚加雷特的心情。

「換個人做也不會更好，我們不像另外兩家那樣，有詳細的紀錄可以參考。」顯然，這份安慰毫無作用。加雷特的表情依舊不好，他煩躁地用手指敲了敲桌面，眼角餘光注意到書桌一角的玫瑰。

「這季節哪來的玫瑰？」吸血鬼皺起眉頭。

「領地的小魔法師給您的禮物，他聽說王城現在很流行『凍結時間的花朵』，所以偷偷跑去城鎮學了幾招，希望您喜歡。」賈克森嘴角微微上揚。

「竟敢偷跑出去，我看他是活膩了。」加雷特更不高興了，他擺擺手，示意聖騎士撤走這盆花。

「我不是說過，沒我的允許不准離開領地。他以為自己是誰？如果是歐米爾的話這時候早就……」

「但你不是。」

有些人明明活著卻好像死了一樣，有些人明明死了卻彷彿仍然活著，明明過去這麼多年，加雷特卻總是在尋找歐米爾的影子，他總是提起那本該死去的兄長，努力活成對方的模樣，但這世上怎麼可能有兩個完全相同的人？

賈克森花了很多時間才說服加雷特不想笑就不要笑，比起那個勉強撐出來的笑容，他更喜歡加雷特這副彷彿全天下人都欠他錢的臭臉，這才是他的真面目。

說真的，若不允許，又怎會給予幻影結界的通行物呢？賈克森沒有把話說出來，冷靜地回道：「有差嗎？是人類正好，可以學習跟同類相處。是吸血鬼也沒差，神殿已經公開接納吸血鬼了。」

這件事加雷特也有聽說，伊凡參加神殿祈福儀式，三大樞機還特地出來迎接。

只是這話從賈克森嘴裡說出來簡直不可思議，他笑了一聲，對著自家聖騎士上下打量起來：「你以前可不會說這種話。」

「若我還堅持以前的言論，對這裡的居民還有我的老同事都不公平。」

想到那個外貌仍舊年輕俊朗的太陽神官，加雷特諷刺地笑了。

「你那個同事很有趣呢，他一直認為自己是那邊的人，還想跟我蓋布爾家劃清關係。但是怎麼可能呢？」

這世上有誰能決定自己的出身呢？他沒辦法否定自身的吸血鬼血脈，如同加雷特也沒辦法否認自己的人類血脈一樣。

「我聽說他同意聖女出巡了，希望他明白自己在做什麼。」

只要聖女仍舊留在神殿，他隨時可以對聖女下手，可現在人跑到了公主的別宮去，他要下手也難。加雷特不喜歡這樣，剷除所有後患是他們家的作風，留個活口就得承擔被推翻的風險。

「這麼多年了，他還不明白嗎？他永遠都是我蓋布爾家的領民，那些人們永遠不會把他當一份子，他們接納伊凡是因為他擁有王族的血脈。至於他呢？他什麼都沒有，只有淒慘的過去。」加雷特放下庫存報告，轉而看向晨曦樞機的近期匯報。「他還很恨我。都不知道要不是我，他早就不在那個位子上了。」

「什麼意思？」

「在我還小時，歐米爾為了讓我脫離父親的掌控，曾打算把我送到神殿去。」加雷特的目光飄向壁爐上的藝術畫。「是我求他讓我待在這裡的。因為我知道，那裡沒有我的容身之處。」

也就是說，要是加雷特當年接受了這個安排，如今晨曦樞機就會是他了。賈克森的眉頭越皺越深，他跟著看向那幅壁畫。

「那是歐米爾的作品，他喜歡收集藝術品，也喜歡創作，雖然我不太懂他的品味就是了。」

賈克森的神色複雜，他伸手輕觸邊框，畫框裡的色彩太過鮮活，那股生命力彷彿躍於紙上，在房間展翅起舞。

「你們兄弟感情真好，都去世這麼久了，你還留著這幅作品。」賈克森在這裡待了一段時間，聽過很多關於這對兄弟的故事。

他們是同父異母的兄弟檔，兩人的母親都是吸血鬼，這很正常，蓋布爾家的每任領主都妻妾成群，唯有血統純正的孩子能擔任領主。

兄弟倆的母親都是吸血鬼，照理來說，兩人都有繼承領主的資格，然而在加雷特出生後，鏡子裡出現他的身影。

初代聖女的血脈簡直像詛咒，儘管蓋布爾家已經十分謹慎地在洗基因了，但仍無法跟初代聖女擺脫關係。

千年前，曾有一位吸血鬼愛上了初代聖女，他一片痴心地追在聖女身後，與聖騎士競爭聖女的芳心。他輸了領地，卻得到了芳心。在人類建國後，聖女拋棄了一切，與他一同在森林隱居。

然而人與人之間本就有所差異，更何況是人與吸血鬼。他們的價值觀不同，生活習慣也不一樣，短短幾年便發生過無數次爭吵，一路上總是分分合合。

他們很相愛，卻不適合。為了不再互相折磨，聖女最後回到屬於她的世界。她唯一留下的，便是兩人愛的結晶，也是詛咒的源頭。

一名半吸血鬼孩子。

吸血鬼的一生很漫長，後來吸血鬼又與其他同類生了孩子，那名半吸血鬼長大後也離開森林，融入了人類社會。

所謂生前無緣，死後再相見，吸血鬼一直忘不了他的初戀，他修建神殿、鑽研暗魔法、偷走初戀的屍骨，竭盡所能想讓初代聖女跟他永遠在一起。

在他發現這一切都是徒勞無功後，吸血鬼無法接受事實，擁抱太陽自殺身亡。

兩人的後代也總是陰魂不散地出現在蓋布爾家，有的領主選擇接納，有的領主選擇驅趕，也有的領主天生叛逆，瘋狂與人類結合，在蓋布爾家留下更多人類血脈。

加雷特便是這場鬥爭的產物，他的吸血鬼血脈十分濃厚，但不是百分之百，只有歐米爾是。

兄弟倆的父親將所有過錯推到加雷特的母親身上，他以欺瞞之罪把加雷特的母親拖到陽光下，任其尖叫著化為灰燼。加雷特失去了靠山，又因其特殊的心靈共振能力，不受父親待見，幾乎都待在房間裡，唯一的依靠就是歐米爾。

「那幅畫是歐米爾命人掛在這裡的，它本來就該待在這裡。」加雷特仍記得當時那段充滿希望的日子。

但人生總是充滿許多意外。

「你覺得掛在這裡好嗎？加雷特。」

斑駁的記憶裡，少年朝他回過頭，露出燦爛的笑容。

他的目光從哥哥的紅色眼睛，轉而移到壁爐上方的壁畫上。

這就是藝術嗎？加雷特對藝術沒興趣，無法理解。無數繽紛躍於紙上，那些鮮活的、燦爛的、美好的一刻，被拼湊成蝴蝶的翅膀，在純白的畫布上翩翩起舞。

歐米爾曾說，藝術就是生命，但在加雷特看來，藝術就是死亡。

「都可以，再怎樣都比父親的品味好。」

加雷特對藝術沒興趣，他翻閱著父親的文件遺物，對一本血奴名冊很有興趣。

「歐米爾你看，這本記載了近幾百年離開蓋布爾領地的領民資料和追蹤後續，連他們的子孫名字都寫下來了，也太詳細了吧？」

「已經離開的人有什麼好追蹤的呢？」歐米爾反倒對那本名冊興致缺缺。他向後退了幾步，欣賞自己的創作。

僕從們忙著把前任領主的個人物品搬離房間，換上散發甜美香氣的花朵和藝術品。新的蓋布爾領主喜歡美的事物，他擁有獨特的藝術品味，其創作出來的作品在藝術圈賣到天價，許多貴族不惜賣房割地也要買到他的創作。

革命的資金大多都是從這裡賺來的。

「終於成功了呢，這段日子辛苦你了，加雷特。」歐米爾轉過身，輕輕牽起加雷特的手。「因為你，我們才能順利推翻父親的統治。」

他對那個從小對他實施打罵教育的生父沒什麼感情，只是想到父親死前最後一刻那極度恐懼的神情，加雷特覺得有點可悲，比起喜悅，更多是事成之後的空虛感。

「我們今後該怎麼辦呢，哥哥？」

「嗯……其實我還有個夢想，既然現在父親死了，我也該往下一個夢想前進了。」歐米爾雙手負在身後，如紅酒般深邃的眼眸閃過一絲光彩。「我想成為吸血鬼帝王。」

「哪裡的帝王？」加雷特感到有些納悶。「目前大陸上的帝國就那幾個，奧斯曼雖然發展頗具規模，但也還沒到帝國的程度。」

「我倒覺得奧斯曼王國已經可以改為帝國了。他們只是因為始終沒完全拿下奧斯曼森林，所以不好意思稱自己為帝國。」

曾有一任奧斯曼國王，在前往其他國家作客時，被當國統治者調侃奧斯曼森林的主權，那時的奧斯曼國王臉頰一熱，宣稱奧斯曼森林是他們國家的「自然景觀保護區」，這件事還成為國與國之間的笑話。

奧斯曼森林住著吸血鬼，即使是國王也無法輕易將之拿下，但如果國王本身就是吸血鬼呢？

「我們的鄰居都很隨和，只要跟他們好好溝通，相信他們會願意支持我的。」

加雷特想到伊凡冷漠的臉，還有阿德曼敵視的目光，內心感到一陣焦躁。

加雷特急切地握住歐米爾的手，開口道：「我們不能把他們都殺了嗎？」

話音未落，他便閉上了嘴。

他在歐米爾的眼神中看到了答案。

兩人之間泛著一股令人窒息的沉默，周遭的僕從們受到加雷特的能力影響，心驚膽顫地縮著肩膀安靜做事。

加雷特感覺有點喘不過氣，他這能力不僅影響他人，也會影響自己。雖然在歐米爾的引導下，加雷特對能力的掌控度大有提升，但只要歐米爾的一個眼神不對，就能輕易擊垮他的防線。

「是我踰矩了，哥哥。」加雷特收回手，低頭小聲地說：「你想怎麼做就怎麼做吧，我是你的影子，你的夢想就是我的夢想。」

「嗯。」年輕的吸血鬼領主摸了摸他的頭，笑盈盈的，彷彿剛剛什麼都沒發生。

「我們的加雷特好棒，拿得起放得下，你是我的驕傲。」

加雷特以為從此以後他們就能過上幸福的生活了，然而在隔年，命運卻迎來戲劇性的轉折。

當時正值盛夏，那一年夏天特別熱，陽光特別毒辣，在某個晴朗無雲的午後，森林發生火災了。

是太陽神給予的天罰呢？還是人為所致，加雷特已經找不到原因了。對一個吸血鬼來說，最可怕的不僅僅是陽光，還有一場無情的大火。

沒有什麼故事比吸血鬼領地發生火災還要恐怖，吸血鬼是暗魔法之子，無法召喚一場大雨撲滅火焰，領地也沒有完善的水利設施可以短時間內大量取水。

王城裡有許多擅長用水的魔法師，也許向他們求救能撲滅大火，可這也意味著他們必須撤銷幻影結界，讓世人知道蓋布爾領地的位置。

他們面臨歷代吸血鬼領主從未遇過的難題，為了撲滅大火幾乎出動全員，連歐米爾本人也親自去現場指揮了。

「愣著幹什麼？快去滅火啊！火快燒到我蓋布爾家的糧倉了，你們全都想餓死嗎？」

那是他第一次看到歐米爾驚慌失措的樣子，在這之前他一直以為哥哥是世上最完美的吸血鬼。可即使是他，也有無法解決的事。

火焰帶來的高溫燒得加雷特腦袋昏沉，裸露的肌膚呈現一片龜裂的銀白。加雷特提起一盆水潑到火海中，但根本無濟於事。

他想到那些困在籠中的蝴蝶。

在神的眼裡，他們也是那些蝴蝶嗎？渺小而脆弱，一隻手就能輕易將他們的翅膀撕裂。

「歐米爾少爺！小心身後！」

一個尖叫聲喚回他的神智。加雷特回過頭，正巧看見一棵燃燒的樹朝歐米爾倒下。

被火焰燻得神智恍惚的歐米爾回過頭，完全來不及反應，只能眼睜睜看著一團炙熱的烈火撲到自己身上。

「歐米爾！」加雷特睜圓雙眼，朝他飛奔而去，然而已經太遲了。

「加雷特少爺，別過去！」幾名領地居民連忙攔住他，加雷特激動得眼眶都紅了，所有人都被他影響，在極度恐慌下把年輕領主救出來。

然而已經太遲了，歐米爾被燒得渾身焦白，雙眸緊閉，連臉頰都缺了一塊。

「歐米爾！歐米爾……嗚啊啊——」

響亮的哭聲劃破長夜，連帶著此起彼落的哭聲。

加雷特看過很多書，卻沒有一本書告訴他，一個失去主人的影子該怎麼活。

加雷特坐在無數族人夢寐以求的家主之位，眼神空洞地看向退休的聖騎士。

「成為吸血鬼帝王是我的夢想。」他的嘴角微微上揚，語氣溫和，像個好說話的吸血鬼領主。

「本想透過伊凡走個捷徑，但既然他不答應，那就……」他深吸一口氣，道：「那就繼續跟他溝通吧。」

聽見聖騎士的笑聲，加雷特的嘴角再度垂下來。

「你笑什麼？」

「那真的是你想做的事嗎？像上次那樣打得死去活來，好好吵一架，不是很好嗎？」賈克森抓了抓後腦杓，表情有點得意。「如果我的吸血鬼主人是那種無聊的人，我才沒興趣追隨。」

「……」

「做你想做的，蓋布爾家主。你是這片陰暗領地的唯一統治者，沒有人會阻止你。」

加雷特沒有回應，只是把庫存報告扔給他，叫他想辦法處理。

在賈克森離開後，加雷特無趣地把玩著手上的筆，目光飄向書房裡早已生灰的鳥籠。

望著那座精緻的鳥籠，加雷特閉了閉眼，最後還是站起身，拿起放在鳥籠旁的白布，一把將它蓋住。

「哇喔，蓋布爾家除了養人類外還喜歡養鳥啊？嘖嘖，這麼多鳥籠。」

阿德曼掀開白布，又是一座鳥籠，還是純銀的，上頭還鑲著鑽，這除非是訂製的，否則沒人會這樣做。

此時此刻，三人來到了蓋布爾家的地下室。說也好笑，這地方的密道簡直跟迷宮一樣，他們在宅邸附近又發現一座水井，旁邊的水桶還很新呢，結果扔了個硬幣下去，半點水聲也沒聽見，又是個假水井。

若不是親眼看到，伊凡還真不知道有這麼多隱藏密道，這些密道是歷代的血奴們打造出來的結晶，幾具屍骨躺在密道裡，手上仍握著鋤頭。是因為長年從事挖礦還是求生本能所致呢？總之蓋布爾領地的居民非常擅於挖洞，這一路上他們已經經過好幾個地下室，裡面的密道如蜘蛛網般複雜。

現在他們不知來到哪個倉庫，這裡放了一堆陳年舊物，還有一些奇形怪狀的骨頭。

伊凡的臉色越發難看，在他看到一個封塵在角落的鐵處女時，更是臉都黑了。

「這裡沒有我們要的東西，走吧。」尤里西斯攬住伊凡的肩膀，適時地帶他遠離這裡。

他已經不是那個對什麼事都一無所知的主角了。在那一夜過後，尤里西斯得知伊凡確實來自另一個世界，而這個世界的故事曾化為文字，記錄在伊凡的前世裡。

要說訝異嗎？肯定是有的，但尤里西斯出乎意料地能接受。

類似的事情，他們神殿也常發生，歷代有好幾任聖女可以傾聽神諭，那些神話故事也不見得全是杜撰，不論是真是假，都被人用文字的方式保留下來。

說到底，都是透過某種管道接收了來自另一個世界的訊息。

問題在於，那些大多都是片面訊息，在伊凡的介入下，很多事改變了。但也有些事就像命中注定一般難以改變，例如他注定要被逐出神殿。

蓋布爾家的悲劇亦是如此，伊凡說過，他不是沒有想過要跟加雷特好好相處，也有嘗試引導他控制能力，但一切皆是徒勞無功，每當他以為兩人的關係好轉時，下次見面時又回到原點。

久而久之，伊凡也放棄了，只是告訴他要小心火燭，然後就沒有然後了。

蓋布爾家改朝換代，年輕的小領主僅僅上任一年，便在一場火災中殞落。由於兩兄弟幾乎都窩在領地，伊凡根本沒機會改變故事走向。

假如什麼都沒改變，那歐米爾還活著的可能性很高。

「他在那個故事裡是重要的關鍵人物，雖然描寫很少，但一直給人一種……如果他還活著，一切都會有所不同的感覺。」伊凡曾如此表示。「在故事裡，歐米爾睡在一個刻有暗魔法符紋的棺木裡，他的追隨者每日以鮮血滋養他。某一天，歐米爾甦醒了，起來後他發現自己待在一個密室裡，棺木旁還圍了滿地的骷髏。後來我就死了，沒看到後續劇情。晨曦樞機說，若真有這地方，肯定不會離蓋布爾宅邸太遠。蓋布爾家會把喜歡的人類屍骨留在身邊，這對他們而言是一種深情且浪漫的舉動。」

尤里西斯：「？」

這就是他們在這裡的原因。他們必須找到那個該死的暗魔法密室。

「這附近沒有暗魔法的氣息。」尤里西斯感知了下周遭的魔力，不快地揉了揉眉心。這裡的死靈氣息太重，讓長年在太陽神殿工作的他很不習慣。

「怎麼了？」伊凡注意到他的異樣。

「沒事，我只是在想……老師怎麼有辦法待在這裡。」

伊凡明白他的意思，這就好像把一個有潔癖的人丟到髒亂的房間，還不准他收拾一樣，這種感覺肯定很不好受。

「等我們找到歐米爾可以淨化這裡了。再忍耐一下。」伊凡小聲安撫，還替他揉了揉太陽穴。

阿德曼看著兩人過近的距離，越看越不對勁。誰家吸血鬼對血奴這麼好啊，好聲好氣安撫還幫忙按摩，簡直是反過來伺候血奴了。而且這羞澀的氛圍是怎麼回事？不要跟他說，這兩人血都吸了、床也都滾了，在同一個被窩裡睡了好幾晚，結果現在才要開始談戀愛。

「你對血奴也太好了吧伊凡，這麼寵是想把他娶回家嗎？」

「啊？」伊凡愣了一下，臉頰驟然變紅。「你不要亂講，我……」

他話都還沒說完，便看到尤里西斯驟然低落下來的情緒，頓時卡住。

他其實也已經明白自己的心意，只是從未談過戀愛，對此有點膽怯而已。是尤里西斯教會他談戀愛的滋味。

他們的愛很平淡，不像神話人物那樣，愛得死去活來，愛到得不到他的心也要得到他的屍體。他們的愛是一朵不合時宜的藍玫瑰、一鍋南瓜濃湯、一個互相坦承的夜晚。如此平凡，卻令他回味無窮。

如果這就是戀愛，那伊凡想去擁有它。

「我們只是在交往。對交往對象好一點很正常吧？」伊凡鼓起勇氣說道。

他不敢看尤里西斯的表情，只能硬著頭皮瞪阿德曼。

「你簡直是吸血鬼之恥，他伺候你都來不及了，你還伺候他。」

「關你什麼事？要不是薩托奇斯領地早就被占領了，誰才是——」

話說到一半，伊凡便被一旁的聖騎士緊緊抱住，伊凡嚇了一跳，感覺像被一隻金毛大狗突襲了一樣。

尤里西斯放開他，改握著吸血鬼的雙手，人生頭一次感到如此無措和緊張。

「我們是以結婚為前提交往的嗎？所以是我嫁過去嗎？抱歉，我還沒準備嫁妝，但我銀行戶頭存了一筆錢，也有一些稀有的怪物素材，等事情結束後，我這就回城領——」

「好了！不用準備嫁妝給我，也別急著把財產都交出來，我們只是交往而已！」

「那一年後結婚好嗎？會不會太晚？結婚戒指由我來準備，艾路狄家主可以戴婚戒嗎？還是只能戴有家族徽章的戒指？」

「不要擅自連結婚日期都排好了！婚戒也不需要，謝謝。」

阿德曼在一旁吃瓜看戲，還給予犀利的評論：「你可真是不要臉，居然妄圖用戒指對一個吸血鬼貴族宣示主權。哪個吸血鬼會願意成為別人的所有物啊？你戴項圈還差不多。」

「你也閉嘴，這是我們兩個的事，愛戴不戴是我的自由。」伊凡氣憤地嗆回去。眼前這狀況實在太尷尬了，場合不對，還有碎嘴觀眾。他受不了尤里西斯熱切的眼神跟阿德曼看戲的表情，索性拋下兩人，自己繼續進行搜索任務。

到底為什麼會變成這樣？

他竟然跟《吸血鬼帝王》的主角交往了，要是還未認識尤里西斯的伊凡知道這件事，肯定天都要塌了。

光之劍也不敢相信這個發展，黯淡地閃爍著微光，不斷在伊凡的耳邊吹風，呼呼作響地令伊凡哭笑不得。

「你就這麼討厭他嗎？在我所知的故事裡，你跟他關係要好的呢。」

聞言，光之劍的光芒瞬間熄滅，這個反應讓伊凡有點訝異，他以為光之劍會激動地否認。

仔細想想，光之劍的種種反應也像是知道不少訊息，但光之劍的資訊又是從何而來呢？

伊凡碰了碰耳墜，有點不敢置信地低聲問道：「你……是不是早就認識他了？但你在這之前都待在月神殿啊，難不成……」

「伊凡。」

身後傳來聖騎士的呼喚，溫柔地，帶點討好的意味。

「你生氣了嗎？」

尤里西斯站在他身後，其態度小心翼翼的，像隻知道自己做錯事的大狗狗。

「沒有。」伊凡無奈地回應。「只是覺得你進度太快了。」

「對不起，我一時太開心，想到太後面了。我應該給你時間考慮的。」

「沒事，再說了，交往也不是給我時間，是給我們兩個時間。就算我們心意相通，也要交往過才知道適不適合。」正因為喜歡尤里西斯，所以伊凡希望尤里西斯考慮清楚，結婚可是人生大事。「在我上輩子待的世界裡，人們通常不會直接結婚，會先交往一陣子，互相磨合，來確定對方是否真的值得攜手一輩子。很多人都說，婚姻是愛情的墳墓，所以……」

「如果墳墓裡是你，我願意躺進墳墓。」

伊凡被這個直球打個猝不及防，他看著尤里西斯過分認真的雙眼，耳根有些發熱。

無論何時，聖騎士的愛都如此炙熱明亮，令他招架不住。

「但我知道你的意思，伊凡。我們就先交往吧，未來的事等未來再說。」

雖然尤里西斯並不認為他們需要磨合，他不需要伊凡磨成他喜歡的樣子，他喜歡伊凡原本的樣貌。

伊凡不也是如此嗎？像他這種內核強大的人，會需要磨合的愛來填補自己嗎？不，他之所以會接受告白，肯定也是喜歡尤里西斯原本的模樣。

尤里西斯看破不點破，眼眸裡笑意盈盈，他很想捧住伊凡的臉來個熱切的吻，但伊凡已經嫌他進展太快了，他得放慢腳步。

此時的吸血鬼摸著自己的耳環自言自語，看上去有點好笑。

「如果我的猜測沒錯，你其實來過這裡吧。」伊凡急得在原地轉圈，他把耳環取下來，逼迫光之劍現出原形。「別裝了，我命令你變回原本的樣子。」

光之劍木然地變回原本的尺寸，伊凡以外行人的手勢握住劍柄，讓劍尖頂到地面上。

「你之所以討厭尤里，是因為你跟他合作過，你曾經跟他關係很好，所以才沒否認我的話。」伊凡用肯定的語氣表示。「你選擇我是有原因的，因為你知道跟著尤里不會有好結局。」

光之劍微微顫抖著劍軀，閃爍著蒼白無力的光芒。

「所以我可以合理推測，你是知道歐米爾藏在哪裡的。你見過復活的他——不准給我縮小！」

光之劍朝聖騎士打了個光，似乎在求救，但被聖騎士無視了。

「為什麼要逃避？你不希望見到那個人嗎？」

光之劍沉默了。

一陣耀眼的白光從劍身散出，光之劍變形了。

光之劍擁有隨意變形的能力，為了奪得使用者的歡心，它會根據使用者不同改變型態。

剛認識伊凡時，它為了不被伊凡拋棄，變成輕巧的首飾。

而這一次，它依照自己的意志，變成了一支鵝毛筆。

『盧米十分欣賞尤里西斯的品格及實力，它曾是尤里西斯的戰友，既忠誠而強大。可尤里西斯辜負了它。』

在被伊凡帶出月神殿後，光之劍跟著伊凡閱覽了許多書，透過大量的閱讀，它逐漸明白該如何表達自我。

劍只有被懂劍之人握在手中，才能被理解。但故事卻能透過閱讀被理解，光之劍找到了另一條能跟人建立連繫的方法。

他在黑暗中留下泛著光的筆跡，一字一句都是他的血淚。

「尤里西斯成爲了吸血鬼帝王，卻忘不了那些死去的人，整日鬱鬱寡歡，也不再跟盧米說話。」

「尤里西斯把盧米帶回月神殿，向月神大人祈求原諒。他說自己是雙手沾滿血腥之人，殺了月神大人的寵兒，帶來無數悲劇。」

「尤里西斯希望能贖罪，並向月神大人承諾終身不再使劍。盧米爲他掏心掏肺，甚至不惜背叛月神大人，殺了吸血鬼。可到頭來，尤里西斯卻拋棄了盧米。」

「尤里西斯是負心漢。盧米討厭尤里西斯。」

「人都會犯錯的。他不是拋棄你，而是拋棄過去的自己。」伊凡輕聲說道。

尤里西斯站在伊凡身後，沉默不語。這確實是他會做的事。

「月神大人也沒有責怪盧米，在尤里西斯離去後，月神大人犧牲自己，倒轉了時間。」

「月神大人的意識消散之前，要盧米守護吸血鬼。可盧米不喜歡吸血鬼，因爲吸血鬼一直在傷尤里西斯的心。」

寫完後，光之劍又補上一句。

「尤里西斯一旦傷心，就不跟盧米講話了。」

「抱歉，如果我知道你會如此難過，肯定不會把你送回去的。」尤里西斯輕輕觸碰它，表情帶著自責與歉意。

到頭來，它也不是討厭尤里西斯，只是討厭寂寞。

「從今以後，我們會多多找你說話。我也會帶你認識其他新朋友，你不用再回到那個密室了。」

伊凡的心軟得一蹋糊塗，在他眼裡，光之劍不是什麼高高在上的神器，而是一隻被雨淋濕的小狗。

聞言，光之劍開心地爆出一陣白光，但這次兩人都反應很快，尤里西斯一步擋在伊凡身前，伊凡也及時閉上了眼睛。

光之劍知道自己犯了錯，立即收斂光芒。

『吸血鬼說會拯救所有人，但他沒有。』

光之劍喚來一陣風，捲走伊凡手中的紙，在蓋布爾家的藝術品收藏室畫圈。

『吸血鬼跟尤里西斯一樣薄情，盧米不喜歡他。』

「尤里沒有薄情，他只是不了解你。」伊凡立即為自家血奴護航。

他趕緊去隔壁儲藏室叫上阿德曼。「嗯？這把破劍怎麼又改變造型了？」阿德曼看到光之劍的鵝毛筆型態，摸了摸下巴，此話一出，光之劍氣得在空中寫了好幾串辱罵言詞。

伊凡翻個白眼，安撫了好一番好不容易才讓光之劍消氣。

一行人在光之劍的指引下，往蓋布爾宅邸的一樓長廊邁進。

也就是在這裡，他們終於見到蓋布爾領地的居民。

蓋布爾領地的居民不像艾路狄的居民那般紅光滿面，也不像薩托奇斯領地的居民那般恣意，他們安靜地待在宅邸客廳，幾名老弱婦孺圍繞在熊熊燃燒的壁爐前，身上裹著厚毛毯。一名年輕人則在分發食物，居民們井然有序地排隊領取。他們瑟縮著肩膀，鮮少交談，神色悲傷，或是漠然。

有些人仍然活著，看起來卻像死了。伊凡一時還以為這群人是幽靈，但他們身上並沒有死靈的氣息。

「這些人是怎樣？難民嗎？怎麼會躲在這裡啊？」阿德曼瞠目結舌。「這裡是吸血貴族的活動區域吧？血奴們有自己的活動空間，怎麼會跑來這裡，那小子是怎麼管的？」

「如果那裡也住滿人了呢？大部分的居民都住在村莊，但蓋布爾領地的村莊已經毀了不是嗎？」

伊凡想到那個居住問題便感到頭痛，這裡簡直要什麼沒什麼，只有寥寥幾塊田、填不滿的糧倉和落後的民生設施。

要說這裡的生活環境很糟嗎？確實是的。但這代表這裡的領主對他們不好？看起來也並非如此。

若真不好，就不會開放這個大廳給血奴們燒柴取暖了，而且就目前的觀察來看，這棟宅邸有三分之一呈現廢棄狀態，其他不是拿來做領主的日常起居，就是拿來給血奴使用。

蓋布爾領地的居民全都住在這裡。

『他們生活在陰影之中，終日忐忑不安，就像失去了主人的影子。』

看了光之劍寫下的敘述，伊凡開口了。

「在那個故事裡，這裡的居民後來怎麼了？」

『他們以爲自己被拯救了，但並沒有。』

尤里西斯皺起眉頭。此時，幾名血奴朝他們的方向走來。聖騎士迅速地打開一扇門，把兩個吸血鬼推入房間。

「賈克森先生叫我們準備一下，明早入城採購物資。他這購買清單還真詳細啊，購買物資太多了吧？乳酪、高麗菜、白麵包，還有大量皮毛和木炭什麼的，加雷特少爺用得上這麼多東西嗎？」

「賈克森先生說這些都是要給我們過冬用的。要我們好好篩選，別買到劣質或發霉的假貨。」

「啊？真的假的？這些我……我們真的可以吃嗎？以前冬天都吃黑麥麵包配馬鈴薯濃湯，了不起就一點豆子和燻肉什麼的……」

「是真的，這些清單都是經過領主大人批准的！賈克森先生真的是……人太好了，我不信太陽神，但我相信賈克森先生。」

「在他來了以後，加雷特少爺的表情也變多了。我上次還跟他說到話呢！」

伊凡躲在門後偷聽他們的談話，感到十分訝異。他以為這裡的居民都很害怕加雷特，每日活在水深火熱之中，可看來並非如此。

「老師……」尤里西斯比他更驚訝，他凝視著慣用手上的黑色青筋，表情複雜。

那個教他何謂持強扶弱，何謂騎士精神，卻親手背叛他的師長，看似墮入了黑暗，卻在黑暗中為人們帶來光芒。

他好像漸漸能理解，為何賈克森說自己沒變了。

害怕一個人是什麼感覺？是提到他的名字時，會眉頭緊皺、神色忐忑，是聽到要跟這個人接觸時會緊張猶豫，生怕自己表現不好。可蓋布爾領地的居民，提到加雷特時並沒有這些反應，他們能一臉稀鬆平常地討論加雷特，關心他的身體健康，為他結交了新朋友感到高興。

這讓伊凡想到自己上次來蓋布爾宅邸作客時，那些居民恐懼的眼神。他以為這些血奴懼怕所有吸血鬼，現在看來，他們只是怕伊凡會像前任領主一樣傷害他們。

「嘖嘖，結果到頭來，這傢伙也對自己的領民不錯嘛，我還以為他會把這些血奴關進密室，天天鞭打他們。」阿德曼像是發現加雷特的小祕密，笑得特別賊。「不過，就他這點經營能力，要是讓他當上吸血鬼帝王，就要天下大亂了。」

「他明明可以跟我們求助的。」伊凡點頭贊同。

「哪個領主肯拉下臉來請教其他領主啊？就連歐米爾都不會。」

說是這麼說，但大家都知道。領地經營這種事，包含了太多機密，再加上他們三個家族可稱得上是競爭對手，蓋布爾家必然不會向他們求助的。

一行人在蓋布爾領民們走遠後，再度往藝術收藏室邁進。事實上這並不困難，住在這座宅邸的大多都是普通人，只要別遇上加雷特或賈克森都能安然躲過。

再加上收藏室離他們並不遠，為了方便領主帶朋友來參觀，收藏室的位置就在一樓入門大廳附近。有晨曦樞機給的平面圖，他們很快便抵達收藏室。

伊凡家也有一個放置藝術品的房間，裡面擺滿歷代艾路狄家主的心愛收藏。有描繪古老神話的石板，也有早期畫家的真跡，還有被詛咒的雕像。伊凡小時候很喜歡待在收藏室，仔細研究這些收藏背後的故事，藝術是人類文化的結晶，是這個世界的歷史。伊凡透過這些藝術，一一拼湊這個世界的模樣。

然而，蓋布爾家的收藏室，對欣賞藝術的人來說簡直是世界末日，當代大師雕塑的神像布滿裂痕，上半身直接不見。精緻的畫作在最精華的筆觸部分，被人潑了紅色顏料掩蓋，幾幅價值連城的名作被撕成紙屑又重新拼湊，幾乎看不出原本模樣。

「到底在想什麼啊？若是不喜歡這些作品，賣掉不就好了嗎！」伊凡睜大眼睛，對這些無價之寶大抱不平。「這麼做簡直有病……」

「就是說，不要可以送我啊！」阿德曼也為此痛心疾首，這對他而言就像把紙鈔撕成兩半。

尤里西斯沉默不語，他環顧四周，目光最後落在一幅油畫上。

畫中是一對男女，女子的容貌宛若神親手雕塑般完美，眼睛是陽光般的金色，笑容含蓄而溫婉，她穿著一襲白色長洋裝，身旁的男子則穿著一身黑衣，俊美無儔，深邃的紅眸盯著女子，嘴角勾著淺淺微笑。女子挽著男子的手腕，整幅畫透著一股平和的幸福氛圍。

然而，一個血手印拍在女子的白裙上，完美的畫留下了汙點，再也無法修復。

不論你畫得再好，我輕輕一拍就能讓你的心血化為烏有。

血手印的主人彷彿仍在現場，笑著對畫噴了一口唾沫。

尤里西斯感到不太舒服，在他的印象裡，這幅畫不該是這樣子。

……在他的印象裡？

尤里西斯被這突然冒出的想法弄得微微一愣，他邁開腳步，正打算好好觀察這幅畫，可沒走幾步便感覺踩到了什麼。

尤里西斯低下頭，發現一個黑色的小軀殼，似乎是昆蟲的軀體。

這昆蟲模樣很奇怪，有一對長長的觸角、波光粼粼的軀體，還有一對吸食用的口器。照理來說，這種昆蟲應當有對翅膀，可地上這隻卻沒有。

他很快便發現，附近還有好幾隻類似的蟲子，全都躺在地上，有的甚至還脆化了，看起來已經死了很久。

這些屍體彷彿黑色的麵包屑，一路灑到了另一幅畫前。

尤里西斯彎腰撿起失落的翅膀，可才輕輕一捏，漂亮的蝴蝶翅膀碎了一地。

他眉頭皺了一下，站起身，頓時一幅色彩鮮豔明亮的畫映入眼簾。

畫中的蝴蝶栩栩如生，藍色的翅膀在月光下流溢著光彩，上頭彷彿灑滿了鱗粉。

在這個滿目瘡痍的收藏室中，唯有這幅蝴蝶畫作，完美無損，活靈活現。

Chapter.6 最完美的吸血鬼

海浪色的藍蝶從紙上躍起，輕輕拍打著翅膀，帶著尤里西斯飛往記憶的深處。

「喜歡嗎？尤里。這個叫蝴蝶，是爸爸從花園裡偷偷抓來的。」

「蝴蝶？」

年幼的尤里西斯窩在懷孕的母親懷裡，好奇地打量著父親捧在手心的小蝴蝶。他喜歡這個漂亮的小東西，想伸手去抓，但被母親阻止了。

「不行喔，尤里。蝴蝶很脆弱，要小心對待它。」

尤里西斯學父親的動作，用手掌圍出一個小籠子，讓蝴蝶飛到他的手中。

如此美麗而纖細，在這陰暗潮濕的房間裡，如此斑斕的色彩簡直是奇蹟。

尤里西斯很是喜愛，他想把蝴蝶永遠留在身邊，可看著蝴蝶奮力振翅的模樣，尤里西斯於心不忍，最終還是攤開掌心，放蝴蝶自由。

看著蝴蝶翩翩起舞的模樣，他莫名有點想哭。

聽父親說，那個叫花園的地方有甜美的香氣、柔軟的色彩，還有溫暖的陽光。尤里西斯想跟蝴蝶一起回家，他想活在陽光下。

「尤里？」一個熟悉的嗓音喚回他的思緒。「怎麼了？這幅畫有什麼特別嗎？」

吸血鬼與他並肩而立，很快便注意到這幅畫的異狀：「這幅畫也太正常了，怎麼都沒被破壞？」

「我想起來了。」

「嗯？」

「這裡是我出生的地方。我曾經住在這裡。」

「「啊？」」身旁的吸血鬼與偷聽的吸血鬼異口同聲地轉頭看他。

雖然不知自己是怎麼逃出來的，但尤里西斯確實對這裡有印象。他曾看過那幅夫婦畫像，還有同品種的蝴蝶。

「我住在一個黑黑的房間裡，某天父母急匆匆地抱著我離開房間，說是要搬到新地方。那時我們有經過這裡，我第一次見到所謂的油畫，還有陽光。」尤里西斯努力回想模糊不清的兒時記憶，要全數記起太難了，那時他才兩歲左右，只有最鮮明的記憶被留下。

「也太剛好了吧？你該不會是躲過那群蠑螈，乘船從地下河流逃出去的吧？」阿德曼笑著拍了拍尤里西斯的肩。「真有你的啊！我下次也要在那裡划個船，看看會划到哪裡。不過說實在的，你跟吸血鬼真是緣分不淺啊。」

「《吸血鬼帝王》……」伊凡喃喃著原作書名，他終於意會過來，對著自家聖騎士瞪大眼睛。「所以你也有吸血鬼血脈？」

據晨曦樞機所說，蓋布爾領地的居民或多或少都有吸血鬼基因，就算父母都是人類，但祖上十八代肯定會有一位吸血鬼祖先。

所以說，這個國家早已跟吸血鬼糾纏不清，《吸血鬼帝王》的書名意味著，一名混血吸血鬼，成為一群混血吸血鬼的王。

這個真相讓伊凡頓時說不出話。

「我不知道，可能有？」尤里西斯自己也難以相信。「但我可以使用聖光，大概只有百分之一的血脈來自吸血鬼。」

「就算只有百分之一也足夠了，你這成分應該算是人類，但要是被轉化，也比其他後天轉化的吸血鬼來得強。」阿德曼興致勃勃地打量他。他還沒遇過混血被純血轉化的案例，一定很有趣。

「你小子不是想嫁給伊凡嗎？小少爺還這麼年輕，你捨得留他一人活這麼久？」

成為吸血鬼，這對以前的尤里西斯而言是完全不敢想像的事，可如今他改觀了。他想獲得同等漫長的壽命守在伊凡身邊，也不想再糾結對方是人類還是吸血鬼。坦白說，當伊凡告訴他，晨曦樞機是混血吸血鬼時，他是感到有些慚愧的。

在賈克森批評吸血鬼時，晨曦樞機為何能帶著笑容？聽聞蓋布爾家逃出來的人類女子和腹中胎兒雙雙去世時，他又是如何做到無動於衷的？

賈克森也是因為這樣，才不願回來的吧？身為聖騎士長，卻沒發現身邊那些真正需要拯救的人。

尤里西斯握住右拳，詛咒帶來的疼痛從掌心蔓延開來，他終於明白賈克森廢了他右手的原因。是恨，是嫉妒，卻也是提醒。他要尤里西斯卸下光環，去體會那些不曾見過的黑暗。

「我遲早都會成為你們的一員。應該說，我已經是了，」尤里西斯看向伊凡，「不管是人類還是吸血鬼，那都是我。」

伊凡與他相視而笑，原來打從一開始，他們就是一樣的。此時，大門口處傳來了急促的腳步聲。

「你確定嗎？真的有入侵者？而且還不只一位？」

「還能是假的嗎？這門一打開，一堆亡靈跑過來找我告狀！你不是聖騎士嗎？連個房間都守不好！」

伊凡跟尤里西斯一同望向方才走在最後的吸血鬼。

「我以為我關好了。」阿德曼聳聳肩。

伊凡氣得想殺人，阿德曼也知道自己捅了簍子，他掛著漫不經心的笑容，拍了拍伊凡的肩膀。

「沒事，我去跟他們打個招呼，都是老鄰居了嘛，互相串個門也是很正常的，那小子上次不也來我家作客了嗎？」吸血鬼微微瞇起眼，紅眸閃過一絲危險的光芒。

這人明顯比他更想殺人呢。伊凡安心了。眼前的吸血鬼早已不再是那個橫衝直撞的少爺，所以伊凡相信他。

一抹迷霧四散開來，遮掩住伊凡跟尤里西斯的身影，也把剛踏進門口的賈克森和加雷特捲入其中，迷霧中傳來吸血鬼震怒的咆哮。

「阿德曼！給我滾出來！」

「哈哈，幹嘛這麼驚訝？在你闖入我家時，早該知道會有這一天啊！」

門口傳來刀劍相向的聲音，伊凡跟尤里西斯則趕緊找通往密室的入口。

尤里西斯很在意剛才看到的夫婦畫像，他仔細打量著那幅畫，摸索了老半天，最後竟在畫框背後找到了隱藏的暗門。

「這裡！」聖騎士迅速地把吸血鬼拉入密道，關上暗門。

伊凡吃驚地看著他，光之劍則化為火把的形狀，點燃聖火照亮前方。

這條密道的裝潢風格跟月神殿有些相似，空氣中略帶潮濕的霉味竟為聖騎士帶來一絲安全感。

那一刻，他明白自己回到家了。

陰暗、潮濕、狹隘的密室，這就是尤里西斯出生的地方。

他曾想過自己跟貝莉安是不是被父母拋棄了，畢竟父母把他們交給育幼院，只扔下一句「因為我們的朋友還在那裡」便消失了。

他寧可他們什麼都不說，不告而別。而不是留下這句話，搞得好像朋友比他們兄妹倆還重要一樣。

可現在他明白了。

怎麼會有這麼傻的人呢？

能自己逃出來已經夠幸運了，怎麼可能拯救所有人呢？

想到這裡，尤里西斯的眼眶一陣酸澀。

忽然，一隻冰冷的手握住他發涼的掌心。

「不會有事的，等我們打敗了加雷特，可以再看看要怎麼幫助這裡的居民。」伊凡察覺到他的悲傷，湊到他耳邊悄聲說道。

尤里西斯點點頭，神情堅毅地走在前方，在經過一個轉角時，一道人影從另一頭竄出，與尤里西斯撞上。

聖騎士一把推開對方，下意識地拔出長劍。

「等等，別動手！」伊凡透過竄進鼻尖的鮮血氣味，連忙按住尤里西斯的手。「是個人類！」

一名骨瘦如柴的男子連連後退好幾步，驚恐地瞪大眼睛，「為、為什麼這裡會有……啊啊——」

男子像隻過度受驚的兔子一樣往反方向跑了，兩人追上去，卻發現男子躲進一個房間後便消失無蹤。

「去哪裡了？」伊凡備感錯愕，這房間也甚為詭異，擺放了好幾個棺材，他們一一把棺材推開，卻沒找到任何一人。這房間也沒有隱藏的暗門或洞口，人就這樣憑空消失了。

「有暗魔法的氣息。」

聖騎士也看不出異樣，但能感覺到這個房間是充滿暗能量的。

伊凡聽他一說，發現確實如此，而且這暗魔法的能量似乎來自棺木內。

這些暗魔法符紋都刻在不顯眼的地方，伊凡在光之劍的照明下努力解讀文字，看到了幾個關鍵詞。

「這些棺木有可能是傳送陣。」

不只一座棺木，好幾座棺木都刻上同樣的符文。唯一知曉這些機關的陌生男子則不知去向。

伊凡跟尤里西斯面面相覷。

「很顯然，我們必須分頭行動了。這裡至少有三個以上的傳送陣，我們無法慢慢來。」伊凡直覺這些棺木定跟歐米爾有關係，因為原作《吸血鬼帝王》裡的歐米爾就是在暗魔法棺木裡甦醒的。

尤里西斯沉默不語。

「這次不是陷阱，而是救援行動。」伊凡知道他在顧慮什麼，上次就是因為尤里西斯待在神殿等他，伊凡才在前往神殿的途中被人算計。「剛才那個人被我們嚇壞了，他的實力肯定沒我們強，再加上加雷特也不知道這裡。」

更不用提，外面還有一個被追殺的吸血鬼等待救援，沒有人的處境是安全的。

「我知道了。」尤里西斯沉重地吐了口氣，跟著選了一個棺木。

這些棺材究竟為何會在這裡，又是拿來做什麼的，無人知曉。但伊凡相信，理想的結局就在眼前了。

伊凡躺進其中一口棺材，雙手放在胸膛上，緩緩闔上雙眼。這感覺很奇妙，好像再度死了一次。

棺材伸出幾隻半透明黑手，闔上棺木。伊凡陷入一片死寂的黑暗中，感到有點心慌，他害怕自己真的就此死亡，好在沒過多久，棺材蓋便自己挪開了。

伊凡坐起身，發現自己來到一個地下墓穴，這裡的棺材排列整齊，每一口棺材都是用上等的原木製作。

不遠處傳來朗誦禱詞的聲音，這聲音如合唱團一般整齊，似乎是月神的禱詞。

伊凡將光之劍藏進懷裡，往聲音的來源前進。

走廊的盡頭被慘白的月光壟罩，伊凡循著月光，來到一間祈禱室。

他一眼看到房間正中央的水晶棺材。

棺材被注入鮮紅的血液，一名俊美的青年緊閉雙眼，躺在血泊之中，猶如一個酣眠中的天使。他的肌膚滑嫩，身體毫髮無傷，鮮血滋潤了他蒼白的肌膚，黑色的華服早已被染成了乾枯的血色。

棺材旁圍繞著無數頭骨和乾燥花朵，約莫十名信徒圍成一圈，跪在地上念著祝禱詞，或是割開手臂上的血管，讓血液流淌進地板上的黑色魔法陣裡。

雖然早就知道歐米爾很受血奴歡迎，但看到這個宛若邪教般的場景，還是讓伊凡愣住了。

他跟歐米爾相處時間不多，但伊凡對他的印象還不錯，歐米爾為人友善，態度溫和，他總是帶著微笑，不管對象是吸血鬼還是人類，他的態度都始終如一友好。

最後一次見面時，他們是碰巧在薩托奇斯的宅邸相遇的。那時的歐米爾一看到他來，還對他露出欣喜的笑顏。

「好久不見，小吸血鬼少爺。」

褪色的記憶裡，年輕的蓋布爾當家主站在玫瑰花圃中，隨手摘了一朵豔紅玫瑰，遞到他的眼前。

伊凡當時沒有收下，一來這是薩托奇斯家的玫瑰，二來他覺得這人腦袋有問題，居然送玫瑰給一個小男孩。

「不喜歡嗎？可惜了。」歐米爾遺憾地笑了笑，隨手把玫瑰扔到一旁。

「聽說你成為蓋布爾家主了，恭喜你。」

「謝謝。」歐米爾挑起一邊眉頭，似乎在訝異他的反應竟然如此早熟。「我聽說你最近忙著研究曼德拉草，改天可以跟你請教一下嗎？我們領地的新園丁不小心把領地裡的曼德拉草養死了。」

年輕的領主摸了摸後腦杓，表情略顯尷尬：「因為突然就換了領主，所以很多交接沒做好，新上任的園丁以為澆澆水就足夠了，沒想到沒過幾天便枯萎了。」

「怎麼可以只澆水！曼德拉草很要求土壤品質的，要時常注意土壤濕度，絕不能讓土壤積水，每天都要檢查葉子有無枯萎泛黃的！」一聽到曼德拉草出狀況，伊凡頓時急了。他想立刻奔到蓋布爾家的花園救援這些可憐的曼德拉草，可想到母親的交代，伊凡猶豫了。

「我……我爸爸可以教你們，你派新園丁來我們家學吧。」

「這樣啊，看樣子這種事還是得問你父親呢。」

「我……」

「沒關係，伊凡，我懂的。」

伊凡感到有點鬱悶，其實這件事他完全可以處理的，可這樣一講，反倒像自己能力不足了。他想解釋清楚，但歐米爾又表示懂了，這樣他特地解釋反倒多餘了。

歐米爾摸了摸伊凡的頭，像個親切可靠的鄰家大哥哥，給予肯定：「你會是個好領主的，伊凡。到那時候，我們再來討論曼德拉草的事吧。」

不用你說，我也知道我會是個好領主。

伊凡很想這麼回，而且到那時候再談曼德拉草就太遲了，阿德曼前幾天才說以後要跟他一起賣曼德拉草賺大錢。等他們兩家簽好合約，只有蓋布爾家受傷的世界就誕生了。

想到此，伊凡忍不住噗哧一笑。他伸手制止歐米爾的摸頭行為，強制性地與他握手。

「你最好現在就把我當領主看待，歐米爾。」伊凡收回手，笑容自信而燦爛。「否則你會輸給我的。」

那是他第一次看見歐米爾的笑容僵掉。

他不想當一個需要關懷的弟弟，他想當一個勢均力敵的競爭對手。

興許是他的回應太過直接，那次之後，他就沒再見到歐米爾了，連葬禮都沒去。

如今再次見到人，伊凡的內心相當複雜。根據過往的經驗，歐米爾身上肯定藏有一些祕密。雖然他對歐米爾的印象很不錯，但偶爾會感覺有點奇怪。伊凡到現在都還不能理解為何加雷特的能力唯獨在歐米爾身上起不了作用。

「你、你是誰？怎麼跟到這裡了！」

一個尖叫聲將所有人拉回現實，伊凡聞聲一看，這才發現方才那名逃跑的男子驚恐地站在他身後。

「吸血鬼！」

「啊啊啊是吸血鬼！歐米爾少爺，請您救救我們吧！」

明明這些追隨者人數眾多，還有主場優勢，但看到伊凡來，這群人紛紛像PTSD發作一樣，尖叫著躲到角落。

這讓伊凡確定了，這些人怕的不是吸血鬼兄弟，而是吸血鬼兄弟以外的吸血鬼。蓋布爾領地的居民們跟另外兩塊領地的居民一樣，都相信領主會保護他們。

「別怕，我不會傷害你們。」伊凡舉起雙手，做出投降的姿勢。「我只是想了解你們吸血鬼主人的恢復情況。他當年遭受嚴重燒傷對吧？現在還好嗎？」

聽到他的話，追隨者們呆滯了一會兒，最後是一名黑袍魔法師站出來，面帶猶豫地回答了。

「您怎麼知道歐米爾少爺的事？您是哪位吸血鬼？」

「伊凡・艾路狄。我是艾路狄家的長子，也是歐米爾的鄰居。」

「別家族的吸血鬼怎會出現在這裡？您把加雷特少爺怎麼了？」

「別緊張，他正在樓上跟薩托奇斯的吸血鬼玩呢。我們三家的關係很好，你知道的。」伊凡隨口敷衍過去。「不過你們這是在做什麼呢？是想復活他嗎？你們的領主知道這件事嗎？」

「這件事不能讓加雷特少爺知道，因為我們希望他正常地生活。」年輕的暗魔法師站到棺木前，擋住伊凡望向歐米爾的視線。

「與初代聖女結為連理的吸血鬼家主就是這樣垮掉的，為了復活心愛的人，將整個人生都捨棄了。我們希望加雷特少爺擁有穩定的情緒，所以這件事必須由我們來。」

伊凡挑起一邊眉頭，對加雷特算是大大改觀了。

他一直以為加雷特是個暴虐獨裁的領主，領民們都懼怕他。

「確定嗎？正常情況下是要通知領主的吧，如果他醒了，你們的領主就要換人了。」

「那又有什麼問題呢？加雷特少爺不會反對的。」

「是啊，只要歐米爾少爺醒了，大家都能獲得幸福。」

伊凡開始感到不對勁了。

從以前開始，歐米爾的血奴就愛他愛到不行，有的血奴看到他便開始脫衣服，也有的血奴會抱著他的腳嚶嚶哭泣，伊凡雖然覺得詭異，但想到蓋布爾家的暴虐領主，也覺得情有可原。

但仔細想想，面對這種情況，歐米爾總是表現出一副從容不迫的樣子，彷彿本該如此。

「艾路狄公子，您也希望歐米爾少爺能再度甦醒吧？您可以幫忙嗎？」暗魔法師的眼中閃爍著光芒。

伊凡摸了摸藏在口袋裡的光之劍，在他看來，讓歐米爾復活對他們有利，就不知道經歷過《吸血鬼帝王》結局的光之劍怎麼想了。

『吸血鬼常常來探望尤里西斯，他陪在尤里西斯身邊，給予溫暖的安心感。』

看到這行敘述，伊凡頓時放心不少。歐米爾果然對誰都很友善，不愧是被讀者稱為最完美吸血鬼的角色，人品跟實力都一等一的好。

「說吧，要怎麼幫？」

暗魔法師眉開眼笑地向他遞上一朵帶刺的黑玫瑰。

「請您讓這朵玫瑰染上鮮血吧，您的血液肯定能帶來無窮力量，讓歐米爾少爺甦醒的。」

伊凡點點頭，緊緊握住玫瑰花莖，玫瑰的刺鑽入他的皮膚，貪婪地啜飲血液。

伊凡希望能藉由這個舉動，讓歐米爾站在他這邊。只要再把歐米爾拉入同陣營，加雷特就肯定沒戲唱了。

他走到水晶棺木旁，為吸血鬼獻上一朵血淋淋的玫瑰。

他的鮮血與其他人的血液融為一體，滲透進吸血鬼的皮膚裡，化為吸血鬼的食糧。

水晶棺木裡的吸血鬼的手指顫了顫，隨後緩緩睜開眼睛，與他對上目光。

那一瞬間，伊凡感到頭皮發麻。與那雙總是漾著光的蔚藍眼眸不同，歐米爾的眼睛是一汪平靜無波的深潭。

在原著裡，他是最完美的吸血鬼，卻遭逢意外，陷入長眠。如今吸血鬼終於從長眠中甦醒，他眨了眨眼，從棺材裡緩緩坐起身。

「這……這是怎麼回事？」

「歐米爾少爺！」

「歐米爾少爺您終於醒了，嗚嗚嗚……」

「啊啊，偉大的蓋布爾先祖啊，您看到了嗎？這座水晶棺木真的可以喚醒死者！」

歐米爾低頭檢查自己的身體，欣喜地說：「我還以為我已經死了，原來還活著嗎？」

說完，吸血鬼抬起頭，用慈愛的目光一一看向在場每位追隨者「你們做得很好呢，當初發現這座水晶棺木時，我就想試試這棺木是不是真的有用，想不到你們成功了。」

此話一出，追隨者們感動得痛哭流涕。「因為是您，才有辦法成功啊！」

在暗魔法師的攙扶下，歐米爾踏出棺材，與伊凡對上目光。

時隔多年，吸血鬼依舊一副從容不迫的樣子，只是看待伊凡的目光，多了一絲驚喜。

「你是伊凡嗎？想不到你長這麼大了，這是過去多少年了啊？」

「六年。」伊凡納悶地回：「你倒是跟當年一樣英俊。而且你也表現得太冷靜了。」

雖然他早就知道歐米爾不是簡單人物，畢竟這位年僅十三歲便推翻上任領主的統治，接管蓋布爾家，但他感覺有些說不通的詭異之處。

「你是不是早就醒了？加雷特知道你醒了嗎？」

「加雷特不知道喔，畢竟我才剛醒沒多久嘛，想說等養好身體再去找他，順便給他一個驚喜。」

歐米爾輕描淡寫地笑著帶過。「能活下來真是萬幸，當年被烈火灼燒時，我一度以為自己要死了。但是……對於這個結果，我也不是很訝異。畢竟是我是純血嘛，照理來說，只有太陽神的光輝能殺死我。只要我的血奴們持續用鮮血餵養我，我總有一天會復活。」

這就是純血吸血鬼，火燒無用、活埋無效，唯有太陽神能將其殺死。

「不過，你怎麼會出現在這裡呢？我記得這地方連加雷特都不知道啊。」

「我無意間發現的。」伊凡的眼神飄向一旁。「我覺得你應該還活著，所以特地跑來找你。」

「為什麼？在這之前，你從不來我們家的。」歐米爾推開暗魔法師的手，獨自來到伊凡的面前。他的外表仍是個十四歲少年，但其沉穩的氣度卻像個大人。「難道是因為你已經繼承領主之位了？」

「因為我已經長大了，可以為自己的行為負責。」伊凡微微一笑。「我來這裡，是想請你處理蓋布爾家的外交問題。加雷特跟我們的關係很不好，已經到了如果他再不收手，我跟阿德曼就會滅了他的程度。我想你也不希望蓋布爾領地被我們奪走。」

這是奧斯曼森林歷任領主都想避免的情況，三個家族互相牽制，誰也不敢動誰。在《吸血鬼帝王》裡，加雷特暗中操控神殿、與王族成為同盟，借刀殺人害死了艾路狄家和薩托奇斯家。

如今伊凡將這些棋子全都奪了過來，神殿站在他這邊、公主也與他結為同盟，阿德曼更是與他聯手對付蓋布爾家，加雷特如今可說是四面楚歌。

面對如此，歐米爾的笑容總算消失，他愣了愣，憂心忡忡地問：「他做了什麼？我明明交代他要跟你們好好相處的。」

「他誣陷於我，害我差點被神殿滅掉。不僅如此，還襲擊我的血奴，趁阿德曼不在時闖入他的辦公室。你覺得他有什麼意圖呢？」伊凡冷笑。

「天啊……」歐米爾深深嘆了口氣。

「對不起，伊凡。你一定覺得很困擾吧，他從以前就常常找你麻煩，」歐米爾的語氣充滿歉意。

他伸出手，給伊凡一個安慰的擁抱。「這些年你辛苦了，我保證我會處理好這件事的。」

伊凡拍了拍他的背，小聲地嗯了一聲。

在《吸血鬼帝王》，歐米爾是否也對尤里西斯說過類似的話呢？

若真是如此，原作也算有個好結局了，歐米爾留下來收拾吸血鬼們的殘局，尤里西斯回到神殿，與公主結為連理。

這就是他一直沒看到的結局吧，隔了這麼多年，他總算以另一種方式看到結局了。可不知為何他高興不起來。

表面上看來是好結局，但沒有一個人的結局是好的，所有生還的角色都失去他們心愛的人，滿身傷痛地活下來。沒有救贖，只有一地狼藉。

這次肯定能有不一樣的結局吧？就算是討厭的加雷特，也能得到救贖。雖然他希望把加雷特封棺埋入地底，眼不見為淨。但是看在他對領民還不錯的情況下，伊凡可以網開一面，把他封入地下室就好，他可以定期帶些書過來，讓加雷特好好看自家作者到底在寫些什麼東西，能逼他念出來更好。

想到此，伊凡忍不住笑了。

「伊凡，我很高興你能來到這裡。我以前就常常在想，要是你能住在這裡就好了。」歐米爾貼在伊凡的胸膛上，滿足地嘆了口氣。「我可以替你安排個有窗戶的房間，放幾盆曼德拉草在你床邊，我會對你很好的，你一定會喜歡這裡。」

伊凡聽了有點莫名其妙。「你在說什麼？我有家不住，為何要住在你這裡？」

語畢，他想跟歐米爾拉開距離，但吸血鬼少年不肯鬆手。

歐米爾抬起頭，對他露出天使般的笑顏。「不行喔，伊凡。不可以躲，來都來了，就別離開了吧？」

「啊？」

下一秒，歐米爾抓住他的領巾，以一股恐怖的蠻力把他拽到地上。

伊凡狠狠地撞上地面，他的肩膀發出哀鳴，臉頰擦破了皮，他根本不曉得發生了什麼事，回過神來已被掐住咽喉。

他驚恐地睜圓雙眼，那名掐住他的吸血鬼溫柔地說道：「噓……聽話。沒事的，只要你不掙扎，我就不會掐你。」

他的語氣越是溫柔，掐著脖子的力道越是蠻橫，面對如此場景，其他血奴竟然見怪不怪，甚至一擁而上，幫忙制住伊凡。

伊凡感覺自己的脖子要斷了，他放棄掙扎，歐米爾也隨即鬆手。

「咳……咳咳……」

「看，我沒有騙你吧？」歐米爾笑咪咪地說。「其實我也不想這麼粗魯的，但因為你有可能會襲擊我，所以我只能這麼做。」

「你……你要不要聽聽自己在說什……」

「不用擔心，剩下的事交給我就好，我會營造一個友好的環境，讓你無後顧之憂，專心當我的血奴。」

「你瘋了是不是！我可是艾路狄的長子，誰敢讓我當他的血奴我就滅了他！」

歐米爾不予理會，他一個彈指，幾條漆黑如墨的藤蔓纏住伊凡，捆住他的四肢。

「把他放進水晶棺材。」

追隨者們聽話地抬起伊凡，不顧吸血鬼的叫喊，強行把他推進水晶棺裡。

「這麼做會不會太便宜他了，歐米爾少爺？」暗魔法師跪在純血吸血鬼的腳邊，仰頭輕輕捏住他的袖口。「雖說以前我不聽話時，您也會讓我赤腳踩在水裡好幾小時，可這招對吸血鬼沒用啊，他根本不會失溫。」

「他從小被艾路狄家當成寶貝養大，還沒辦法承受太嚴酷的懲罰。為了他的心理健康，只能先這樣做了。」

「歐米爾少爺真是太善良了。」

「要不是他有一半人類血脈，歐米爾少爺還看不上他呢。」

「就是說，不知感激還辱罵我們少爺，真是太過分了。」

歐米爾彎下身子，看著被按在水晶棺材裡不停掙扎辱罵他的伊凡，笑得眉眼彎彎。

「真是的，加雷特還叫我殺了你就好，我怎麼捨得呢？我一直很好奇你嘗起來是什麼滋味，你的混血比例剛好是一比一吧？蓋布爾家已經找不到吸血鬼血脈如此濃厚的人類了。」

歐米爾牽起伊凡的手，像是一隻盯上青蛙的蛇。

伊凡感到背脊發寒。雖然知道歐米爾的人設有可能會翻車，但他沒想到這人的真面目如此恐怖。

歐米爾的行為舉止已經超出他的理解。這人的臉皮是鐵做的嗎？毫無理由地對人行使暴力，還把原因推到對方頭上。更可怕的是，在場除了他以外，所有人都一副理所當然的樣子。

「唔！」伊凡吃痛地哀鳴一聲。

手腕傳來尖銳的疼痛感，血液汩汩地流下，伊凡感覺自己的肉快被咬下來了，要是他知道咬人這麼痛，肯定不會咬尤里西斯的。

「嗯……有點意外呢……」歐米爾鬆開尖牙，對伊凡露出訝異的神色。「我記得你不喜歡喝血，但你這血液嘗起來沒有營養不良的味道，反倒……意外地甜美。」

歐米爾一邊露出滿意的笑容一邊像大貓一般舔舐著伊凡的手腕，還故意用尖牙戳了一下傷口，惹得伊凡悶哼一聲。

「你的血液充滿了生命力，那股沸騰的滋味真令人著迷。」他像個美食鑑賞家，仔細分析著舌尖上的滋味。「我從未嘗過如此甘甜的味道，看樣子你平時吃得很好。還有……你的性生活應該挺滋潤的。」

「……」

「也是呢，你都已經這麼大了，找個血奴來暖床也很正常。不過，你沒吸食過其他人的體液？真是讓我驚訝。」說著說著，歐米爾竟然笑了起來。「伊凡，你真的太禁欲了，不喜歡吸血就算了，在性方面也是如此保守。」

「你……」

伊凡想死的心都有了。

純血吸血鬼的味覺相當敏銳，他們能透過血液品出許多資訊。像阿德曼只吸素食者血液，他能透過血液判斷這人有無吃肉、吃過哪些牲畜。蓋布爾家喜歡吸食處子，對欲望的味道可說是相當敏感。

伊凡雖感到羞恥，但更感到害怕，他的血液藏著另一個人的資訊。

「你最好想清楚，若我遭遇不測，會有很多人找你復仇的。」

「我很期待。」歐米爾站起身，一派輕鬆地道：「當年我父親也是這麼跟我說的，我那時心想，這人真好啊，死到臨頭還提點我。所以我把他的同伙全都架上十字架讓太陽灼燒，也摧毀掉他的礦工小村落。我心想這樣應該就沒事了吧？可惜千算萬算，沒算到天災。」

歐米爾苦澀地笑了。

「很可笑吧？我費盡心力得來的一切，神明一個彈指便能輕易毀掉。」

歐米爾將棺材蓋上，看向房內唯一的出口。

「這讓我更加堅定成為吸血鬼帝王的決心了。」

伊凡看著他逐漸遠去的背影，瘋狂地敲著棺材蓋，大聲呼喊。

他終於看到了《吸血鬼帝王》的結局。

傷心欲絕的聖騎士主角，被假好心的吸血鬼擁抱，最後徹底崩潰，一輩子都活在痛苦自責中的結局。

Chapter.7 那個故事的結局

「你是說，在那個故事裡，我成為了吸血鬼帝王？」

「嗯，你統一各方勢力，成為神殿的幕後掌權者，最後與公主結婚，成為這個國家的王。」

「聽起來不怎麼好。」

「不然你認為的好結局是怎樣？」

尤里西斯望著那對漾著溫柔情感的紅眸，答案就在眼前。

在那個一夜溫存後的清晨，吸血鬼坐在窗邊，梳理著垂至肩頭的白色頭髮，陽光為他的髮絲鍍了一層金。

「我想我永遠無法達到所謂的好結局。」

「真好意思講，也不想想是誰救了貝莉安。」

聽見這個沒好氣的回應，尤里西斯笑了。

「我是個貪心的人，伊凡。我總是想得到更多，永遠不知滿足。我想與你再逛一次市集，也想在盛夏的陽光下與你接吻，就算結了婚，我也不會認為這就是圓滿的結局，因為我還有很多想跟你做的事。」

尤里西斯輕撫心上人的臉龐，神情滿是憐愛。

「只要我還活著，就永遠不會迎來結局。」

吸血鬼喜歡這個答案，他舉手覆上臉頰旁的大手，眼裡只有他的身影。

也許在某個世界裡，這個對話也會化為文字記錄下來吧。畢竟沒有人能證明，自己不是活在別人的故事裡。

他唯一要做的，只有努力實現目前的目標，然後往下一個目標邁進。

尤里西斯推開沉重的棺木，他坐起身，發現自己在一間氣派的書房裡。

很顯然，這間書房有在使用，桌上放著處理一半的文件，還有涼掉的茶，和一朵垂頭喪氣的黑玫瑰。

尤里西斯知道加雷特短時間不會回到這裡，遂而鎖上門，迅速地展開探索。就算找不到歐米爾，他也能靠著一些關鍵文件來讓蓋布爾家垮臺。

就他所知，奧斯曼的半數黑色產業鏈跟蓋布爾家有掛勾，有許多富商和貴族牽涉其中，若是能掌握合作證據，不僅能把這狐群狗黨一網打盡，還能給席夢娜做功績。

席夢娜跟他承諾，要是尤里西斯能扶持她得到王冠，等她繼承王位後，會讓伊凡成為他的法定伴侶，他們會有一張蓋有王族印璽的結婚證書，還能在王城舉辦婚禮。

尤里西斯連婚禮賓客名單都想好了，他要找丹尼斯當伴郎、讓艾蕾妮當證婚人，雖然伊凡的伴郎極有可能是阿德曼讓他有點不滿，但只要婚禮能順利辦成，這些都不是問題。

想到他們的婚禮，尤里西斯搜查的速度越來越快，他的翻頁速度快到看不見殘影，光憑幾個關鍵字就能抓出可疑的檔案，檢查有無暗層的動作也十分老練，說到底製作這些精緻家具的都是同一批工匠，那些隱藏機關也大同小異。

至於晨曦樞機所說的名冊則更好找了，晨曦樞機在蓋布爾家工作數年，他的檔案排序方式多多少少有蓋布爾家的影子，再加上這對蓋布爾家而言不是什麼機密名冊，所以沒過多久，他便在架上找到了。

尤里西斯鬆一口氣，他沒空去確認晨曦樞機的名字有無在上頭，一發聖火直接把整本燒個乾淨。這些人跟他一樣，值得擁有一個嶄新的人生。

在燒書的過程中，尤里西斯的眼角餘光注意到一幅畫。

一隻巨大的蝴蝶躍於紙上，色彩斑斕，栩栩如生，然而仔細一看，這蝴蝶竟然是由無數蝴蝶翅膀拼湊而成的。

每一片蝴蝶翅膀都被釘在牆上，無數的短暫生命湊成一幅巨大的畫，絢爛而淒涼。尤里西斯露出厭惡的神情，接著又注意到一座鳥籠。這牢籠做得十分精巧，連隻蝴蝶都飛不出去，他幾乎可以想像這名蝴蝶藝術家從籠中抓蝴蝶、撕扯翅膀的樣子，蓋布爾家的吸血鬼似乎對別人的屍體情有獨鍾，令他感到反胃。

忽然，放在角落的棺材傳來挪動聲，尤里西斯微微一愣，渾身泛起雞皮疙瘩。

尤里西斯是個聖騎士，對暗屬性的魔力十分敏感，一股濃稠的黑色魔力從棺材蔓延開來，桌上的黑玫瑰迅速枯萎，尤里西斯拔出長劍，讓劍身盈滿聖光。

一名英俊的吸血鬼少年從棺木裡坐起，與他對上目光。

霎那間，那股令人窒息的壓迫感消失了。彷彿什麼都沒發生過一般，唯獨散了一地的玫瑰花瓣留下了證據。

「你好呀，請問加雷特在嗎？」少年撥了撥頭髮，對他露出友善的笑容。

尤里西斯咳了幾聲。

他的腳邊是一地散亂的檔案，後頭的書桌抽屜全被打開，一看就是個賊，可這名吸血鬼竟如此友善，反倒讓他有些尷尬。

但幸好，他臉皮也很厚。

「他在樓下，薩托奇斯的公子來找他玩。」尤里西斯垂下長劍，淡定地回應。

「那你是他的什麼人？」少年走到他面前，好聲好氣地詢問。「就我所知，血奴是不可以擅自進領主的書房的。你這可是犯了蓋布爾家的大忌。」

若是那個世界的尤里西斯，或許還會解釋一下。畢竟他是個講道理的人。即使對方是危險的吸血鬼，若對方沒做過什麼壞事就該放過一馬。

可如今的尤里西斯不再是那個被蒙在鼓裡的主角了，他已經從伊凡口中得知《吸血鬼帝王》的劇情，可以自己改變故事的走向。

「我是誰不重要，」尤里西斯的劍尖指向歐米爾，目光十分堅決。「你只要知道，我是來殺你的就好。」

＊

空氣瞬間凝結，書房內陷入一片死寂。

歐米爾眨了眨眼，不解地問：「所以你這是覺得，只要是吸血鬼都該死？」

「你誤會了，該死的只有你。」

「我什麼都沒做喔，」歐米爾的語氣十分委屈。「初次見面就覺得別人該死，也太過分了吧？我們之間是不是有什麼誤會？」

尤里西斯對這番回應感到噁心，這人竟然能面不改色地說出這種話。

「那幅畫是你的作品吧？」尤里西斯漠然地說。

「啊，是的。我很高興它還掛在這裡。」

一幅畫能看出什麼呢？至少歐米爾是這樣想的，只可惜，眼前這人不是《吸血鬼帝王》的主角，而是讀者。

對他而言，這些蝴蝶的生命不值一提，只配做他的顏料。

對他而言，其他藝術家的創作、世界文化遺產跟垃圾沒兩樣，只配留下他的血手印。

那個廢棄村落的居民，還有流落在外的血奴都一樣吧。這個人明明一直在這裡生活，還擔任過一年的蓋布爾家主，可他做了什麼呢？

他什麼都沒有做，所有人依然活在一片愁雲慘霧中。血奴的追蹤名冊依然還在、黑色產業的生意仍沒停止，他的嘴巴可以騙人，但記錄是不會騙人的。

他做的最大改變，就是把宅邸裡的藝術品統統摧毀，換上自己的創作。

尤里西斯燒了那本名冊，只花三秒就換來無數血奴的自由，歐米爾花了三百多天卻什麼都沒做。

要說歐米爾是最為友善的吸血鬼，尤里西斯當真不信。

「別再裝了吧，你當真有在意過其他人嗎？」

對所有的惡行都選擇漠視，明明有能力改變，卻毫無作為。這樣的人卻被所有人當成救世主，怎麼看都很奇怪。

歐米爾沒有回應他的問題，只是無可奈何地嘆了口氣。

「真是奇怪……你是腦袋有問題嗎？怎麼都不聽人家說話啊？本來想跟你好好溝通的，看來是無法了。」

幾根黑色藤蔓從歐米爾的腳下冒出，瘋狂地恣意生長開來。尤里西斯心頭一驚，連忙為自己上了光屬性的結界，不過幾秒鐘，整個房間便被這些密密麻麻的黑色藤蔓占據。

歐米爾則完全沒了笑容，他眸光晦暗，神色陰沉，僅僅站在原地，便令人不寒而慄。

「我給過你機會的，為什麼不好好珍惜？一定要逼我動手是嗎？」

黑色血管發出尖銳的咆哮聲，空氣幾乎被掠奪一空，尤里西斯感覺自己墜入了惡夢裡，他用力呼吸，卻吸進一股汙穢之氣，尤里西斯咳了好幾聲，渾身冒起冷汗。

他左手持劍，使出一技聖光斬劈向眼前的惡魔，然而他現在用的是非慣用手，準度不夠，力道也不夠強，吸血鬼輕易地避開，以迅雷不及掩耳的速度掐住他的喉嚨。

同樣是純血吸血鬼，與擅於近身戰的阿德曼不同，歐米爾較擅長使用暗魔法，他是天生的暗魔法專家，光是掐住脖子，聖騎士便感覺脖子要潰爛了。他右手抓住歐米爾的手腕，掌心爆出一陣聖光，吸血鬼猛然抽開手，睜大眼睛看向自己焦黑的手臂。

「怎麼了？你不也是這樣對我嗎？我只是回敬你而已。」尤里西斯也不是省油的燈，他的聖光可是強到能照亮整個森林，普通的吸血鬼碰到早就化成灰了。

歐米爾像是第一次知道自己怕陽光一樣，那張臉終於失去從容。

尤里西斯則趁勝追擊，他忍著右手詛咒帶來的劇痛，雙手握上劍柄，劈頭朝歐米爾砍下去。

「你以為你是誰！竟敢這樣對我！」

吸血鬼的眼睛泛著紅光，露出兩顆尖牙，發出震天般的怒吼，霎時玻璃被震碎，物品散落一地。

尤里西斯的手臂被震麻，雙腳被歐米爾的藤蔓抓住甩到牆上。

他重重摔在地上，手臂壓到窗邊的玻璃碎片，痛得雙眼微瞇。如今覆在右手上的詛咒更加嚴重，整條手臂呈現泛白的青紫色，他幾乎沒有知覺了。

吸血鬼抓住他的頭髮，強迫他抬起頭。

「你的血液有股令我惱火的氣味……」歐米爾的指甲劃過他的臉龐，留下一道深可見骨的痕跡，他無視聖騎士痛苦的表情，舔去指甲上的血珠。

無數資訊透過味蕾被分析、拆解，那一刻，歐米爾終於知道伊凡血液裡的甜美滋味從何而來。

「你是伊凡的血奴？」

聖騎士身體一僵，他的反應太過誠實，讓歐米爾的嘴角再度勾起。

「原來是這樣啊，怪不得伊凡的血液這麼甜。像他那類雜種的血液其實很難喝的，但你的血液正好中和了他本身自帶的苦味。你跟伊凡一樣都是半開葷的狀態，意外地純情啊？」

歐米爾舔了舔嘴唇，近乎貪婪地欣賞尤里西斯的表情。

「怎麼，你很生氣嗎？那可怎麼辦呢？已經太遲了。」

「伊凡在哪裡？你對他做了什麼?!」

「不用擔心，你之後就能見到他了。他看起來是個不錯的主人，應該會為你承擔責任吧？到那時候，我會為你安排一個觀賞席，好好看看你主人從驕傲到崩潰的樣子吧。」

這一瞬間，尤里西斯的呼吸停滯了。

他再也感覺不到痛，也拋棄了所有顧忌，他的血液在燃燒，心跳因憤怒而加速，他像個野獸般撲到歐米爾身上，朝那張無瑕的俊臉狠狠揍了一拳。

「你敢對他出手試試！」

一邊是從未對人施展暴力的聖騎士，一邊是從未被人施展過暴力的吸血鬼。這一拳把兩人的理智面具都揍碎了，一團白雲在天花板上凝結，幾搓火星在雲層中閃爍。

一陣轟雷巨響，書房下起滂沱大雨，每一滴雨都閃爍著耀眼的光芒，沾濕纖細的翅膀，落在鮮血淋淋的檔案上，所有的罪惡與悲傷都在太陽的眼淚裡融化，黑色的藤蔓在光芒中尖叫著化為灰燼，吸血鬼的身體出現多處腐蝕，抱頭發出淒厲的慘叫。

吸血鬼的腦海頓時湧上許多回憶。

幾名身上多處潰爛流膿的血奴跪在地上，祈求他的原諒。他感嘆人類是如此脆弱，轉頭就腐蝕掉他們的腦袋。

眼睛腫到睜不開的加雷特抱著他哭泣，他一邊溫聲安撫，一邊說這也是沒辦法的事，誰叫他不是純血吸血鬼。

他的父親被綁在十字架上接受太陽曝曬，臨死前還警告他總有一天也會這般痛苦地死去，他還嗤之以鼻，表示根本不會有這種機會。

別人的痛苦關他什麼事，反正他從來無法理解。

那些人都犯了錯，懲罰也是應該的，可是他做錯了什麼？他帶離大家脫離痛苦，卻得遭受這種折磨，這也太不公平了。他是黑夜的帝王，這種事不該發生在他身上。

「歐米爾！」

一個熟悉的聲音從門口傳來，歐米爾側了側頭，一眼與自家兄弟對上目光。

加雷特的雙目圓睜，整個人僵在原地。他長大了，姿態也比以前挺拔不少，但歐米爾不喜歡他這個樣子。

「加雷特，救救我。」

這聲懇切的呼喊喚回了吸血鬼的神智，加雷特毫不猶豫地奔向炙熱的太陽雨中，緊緊抱住他。

他的身後竄出一道黑影，頃刻劍光一閃，尤里西斯立刻被賈克森按壓在地上，太陽雨法術也被迫中斷。

「放手！這傢伙是個惡魔，他才是最該死的吸血鬼！」

「你他媽真是瘋了，再掙扎這條手臂就真的要廢了！」

「把他拖出去！」

加雷特一聲令下，賈克森架住尤里西斯的脖子，狼狽地與曾經的徒弟一邊互相掐住脖子一邊走向門口。

在這途中，老聖騎士屢屢用審視般的目光打量歐米爾，離開房門前還叮囑加雷特有事情隨時叫他。

歐米爾察覺到內心那絲不快被無限放大，他深吸一口氣，仔細欣賞著加雷特驚喜又錯愕的表情，心情逐漸平靜下來。

「你還活著……？這是真的嗎？不會是我在作夢吧？」

「是真的，加雷特。我回來了。」他摸了摸加雷特的頭髮，雙眸漾光。

不論其他人怎麼說加雷特都無所謂，他知道加雷特無論何時都會站在他這邊，就算他死了也會代替他活著。

加雷特比誰都無法接受與他分開，從以前到現在都是這樣。

「我以為你……你已經死了……畢竟傷這麼重……」

「怎麼可能，我是純血吸血鬼啊。」

加雷特眉頭一皺，悶悶不樂地點點頭。

「是啊，你跟我是不一樣的。但不論如何，你回來就好……」

加雷特小心翼翼地碰觸他腫起來的臉頰。「你還好嗎？」

歐米爾這才意識到，自己的模樣十分狼狽，他的臉頰腫了一邊，嘴裡還有腥甜的血味，更別提身上大大小小的燒傷，他從沒有被人逼到如此絕境過。

一種詭異的違和感刺激著他的神經，他總覺得事情不該是這樣的。

「你怎能讓一個外人闖進書房？方才那個制伏他的人又是誰？他的吸血鬼氣味好薄弱，是轉化來的嗎？」歐米爾緊緊捉住弟弟的手，試圖找回主控權。

「我應該把所有轉化吸血鬼都殺死了。那天我們在村莊不是有清點人數嗎，怎麼還有活口？」

「那是我轉化的血奴。」加雷特的語氣有點僵硬。「他不是父親的餘黨，可以放心。」

「你不是很討厭人類嗎？怎麼會收個能永久放在身邊的血奴？這不像你。」

「我們做了筆交易，算是互相利用吧。」

「為什麼？我不是說過，你的能力很容易被人拿來利用，所以不要太相信別人嗎？你根本不知道那個人對你有什麼意圖。」

「可我是蓋布爾家的領主，哥哥。我不可能不跟任何人交流。」

這句話刺痛了歐米爾的神經。

眼見歐米爾神色不對，加雷特趕緊解釋：「你走了之後，我很努力地經營領地，一心想成為跟你一樣優秀的吸血鬼。那天不該燒村的，自從燒了村後，礦工的勞力出現嚴重缺口，我不得不拾起父親的黑色產業以維持生計，可經營領地要花費的成本比我想像中還——啊啊！」

歐米爾捉住他的頭髮，用力往前一扯，吸血鬼被迫彎下身子，近距離對上他的目光。

「所以你覺得我不該燒村嗎？那可是父親直營的村莊喔。如果不滅了他們，你覺得後果會如何呢？」

他的語調輕柔。溫柔永遠是溝通的利器，加雷特很快便安靜下來。

「後果會如何？你當了幾年的領主，不會連這都回答不出來吧？」

「……」

歐米爾不喜歡他的沉默，他的手指越抓越緊，幾乎要把對方的頭髮扯下來。

「你在幹嘛！」

一隻大手猛然把他推開，賈克森一手攬住神情痛苦的加雷特，一手將劍指向他。

「你對弟弟可真是好啊，不愧是最友善的吸血鬼。」賈克森高聲狂酸，眼神越發冰冷。「搞清楚你在對誰說話，你面前這位可是蓋布爾的領主。」覆在吸血鬼臉上的笑容面具逐漸龜裂，已然死寂的血液再度沸騰起來，歐米爾悄悄握緊拳頭，笑著回道：「他只是代理領主而已。」

「他不是。他不是誰的代理，也不是你用來實現野心的工具，他是比你更好的領主，所有蓋布爾子民都會選擇他。」

加雷特僵在原地，他緩緩抬起頭，眼裡似有眸光閃動。

「……歐米爾。」加雷特重新站直身子，鼓起勇氣看向自家兄長。「我很高興你能回來，請你完成未盡的夢想吧，我會做好領主的本分，在背後扶持你。」

歐米爾逐漸失去了笑容。

「當初可不是這樣說的。我說過，我會成為蓋布爾的領主，再成為吸血鬼帝王，而你要一直站在我身後。」

「我……」

賈克森掐住他的雙肩，憤怒地道：「你要讓這裡的居民回到地獄般的日子嗎？在那傢伙擔任領主的時間裡，蓋布爾領地有變得更好嗎？」

「你懂什麼？那段時間所有人都很幸福好嗎！他比父親好多了！」

「你拿他跟爛人比做什麼，你自己也知道在他當上領主後，農作物都枯萎了、領民不斷生病，然後這些人全都被叫去礦坑挖礦挖到死，你他媽這叫所有人都很幸福?!幸福的只有他！他根本不在乎別人死活！」

又來了，這些血奴怎麼都像提前拿到劇本一樣，一個個跳出來巴不得把他往死裡打。歐米爾嘆了口氣，略感無奈地解釋：「真是過分，死人跟活人有差嗎？只要骨頭還在，一樣能動啊。」

對他而言，死人的利用價值還比較高，因為他們不用解決生理需求，且執念越深，能力越強，對他來說是很好的勞動力。

可顯然對面兩人都不這麼想，表情一個比一個還難看，這讓他很煩惱，天才總是孤獨的，這世界的人都跟不上他的思維。

「很抱歉，哥哥。我是不會讓出領主之位的。」加雷特第一次拒絕了他，眼神是他不曾見過的堅決。「我或許是你的影子，但這塊領地不是，這片領地的一草一木還有這裡的居民，都值得更好的對待。」

「……我好像沒聽清楚呢，你再說一次？」

賈克森大笑一聲，他深吸一口氣，宏亮的嗓音劃破宅邸陰鬱的氣氛。

「意思是你的時代結束了，滾回棺材裡吧，吸血鬼！」

*

尤里西斯趴在地上，詛咒已然蔓延到他的全身，他的身體被黑暗侵蝕，幾乎動彈不得。

此時，書房裡傳來一聲爆炸，門扉被炸開，裡面燃起熊熊白色烈焰，吸血鬼與聖騎士的怒吼聲從房裡傳來。

尤里西斯抖了一下，發覺凸起的黑色青筋開始變回原本的血色。

四肢開始恢復知覺，痛苦逐漸消失，他身上的詛咒逐漸消散，右手指可以正常彎曲了。

尤里西斯掙扎著從地上爬起來，他伸出右手撿起地上的劍，是剛剛賈克森一腳踢出來給他的。

什麼都不用解釋，他只是跟賈克森說了句那個人是歐米爾，老聖騎士就衝進去了，臨走前還對他展露爽朗的笑容。

「你可總算像個普通人了啊，這不是很好嗎？哈哈！這樣我就放心了。」

尤里西斯氣到快吐血，正想開口罵人，裡面便傳來了爆炸聲。

說實話，他很想趁機去找伊凡，但伊凡不會希望他這麼做。無論何時，伊凡都以救人為優先，他希望所有故事角色都能存活，笑著迎接未來。

他的理想即是尤里西斯的理想，聖騎士邁開步伐，頭也不回地朝樓梯奔去。

太陽神的怒火蔓延開來，宅邸的亡靈在尖叫，年久未修繕的老宅邸發出悲鳴，住在樓下的居民不知發生什麼事，抱在一起瑟瑟發抖。

「快出去！這裡不安全了！」聖騎士闖入居民們的住處，吆喝著指揮逃離。

純血吸血鬼的真正實力跟龍一樣可怕，尤其這位還是暗魔法的佼佼者，光是魔力便令人腐朽窒息。

「你誰啊？加雷特少爺呢？」

「我聞到燒焦的味道，怎麼回事？」

「別問了，先出去再說，快點！」

火勢燒穿二樓的地板，幾根木板墜落而下，差點砸在領民身上。直到此刻，居民們才明白大事不妙，紛紛尖叫著擠向門口。

一陣白霧從二樓蔓延開來，那並不是聖火燃燒產生的煙霧，而是純血吸血鬼的致命迷霧。

凡是陷入迷霧中的人都會被吸血鬼鎖定、困住，歐米爾的迷霧則比其他吸血鬼更為致命，他的迷霧混雜著汙濁之氣，吸入肺裡會咳嗽，傷口會加速潰爛，許多領民飽受身心摧殘，光是看到這陣迷霧便創傷症發作。

「咳咳，這陣有害的煙霧……該不會是歐米爾少爺的吧？他回來了嗎？」

「對不起，歐米爾少爺！我不會離開的，拜託您不要懲罰我！」

尤里西斯一把撈起跪在地上的領民，一手把人扛在肩上，一手施展聖光結界擋住霧氣。

「放開我，你到底是誰？憑什麼帶我走！」

「我是你們的朋友。」

尤里西斯瞄了呆愣的領民一眼，拔腿跑向門口。

爸爸媽媽，我來救你們的朋友了。

尤里西斯在心中默念。希望遠在天上的父母能聽到。

同一時間，地底傳來轟隆隆的聲響，塵土碎石從天花板落下，祈禱室的追隨者們狼狽地尖叫閃躲。

「怎麼回事?!」

「門口怎麼又有人進來了——啊啊啊那不是人啊啊！」

「怎麼會有死靈生物，是你搞的嗎？」

「不是我啊，你看我召喚過骷髏了嗎？」

「不會是這吸血鬼召喚的吧？」

「歐米爾少爺救命啊！」

伊凡備感無語，這動靜八成就是歐米爾搞出來的，結果這群人死到臨頭還在跟那傢伙求救。

「不想死就放我出來！」他惱火地拍了拍棺材蓋，剛剛捆著他的黑色藤蔓突然消散了，但這該死的棺材還是打不開。

「可、可是歐米爾少爺說……」

一陣天搖地動，唯一的出入口被落石堵住，所有追隨者臉都白了。

這一刻，再也沒有人管前任領主的命令，一行人奮力把棺材板推開，像抓住救命稻草一般圍繞在伊凡身旁。

伊凡整了整衣領，一個瞪視，周遭的死靈紛紛尖叫逃走，不然就是化為塵土散去。接著他快步走到被堵住的出入口前，讓大家後退點，隨即召喚一個超大冰錐，一把砸向這些碎石。

現場冰霧瀰漫，所有人都嚇壞了，伊凡拍去手上的塵土，冷漠地回頭掃視眾人。

「現在是要追隨我還是他？」

「……可以兩個人都追隨嗎？」

「我去把棺材砸了。」

「別別別，我們追隨您，現在追隨您就是了，拜託您千萬別動手，那口棺材是這裡唯一的出入口啊！」

伊凡深吸一口氣，努力說服自己這些人也是受害者，沒必要跟他們動氣。他找到那口棺材，命令這群壞蛋同伙排好隊，一個個躺進傳送陣，在確認所有人都進去之後，他自己也躺進棺材，回到原先的傳送點。

他才剛抵達，便被四面八方傳來的尖叫聲弄得耳膜發疼，他渾身寒毛直豎，感覺有一張看不見的嘴正在吸取他的生命力。

地下領民們各個抱頭哀鳴，他們大多是普通人或鬼，在純血吸血鬼的力量前毫無抵抗能力，唯一能做的就是跪在地上祈求吸血鬼的原諒。

「原諒我，歐米爾少爺，我錯了……」

「歐米爾少爺，請您帶我們離開這個地獄吧！」

「我一直相信您會拯救我們——」

伊凡張開幻影結界，將在場所有人裹進自己的保護圈裡，光之劍飛到他手中，一起張開結界。

「謝謝你，盧米。」

有了光之劍的幫忙，伊凡這才得以喘口氣，純血吸血鬼的能力太強大了，要擋住簡直就像拿著破車門擋子彈一樣困難。

「您、您為什麼要幫我們……」

「不幫才奇怪吧？」伊凡一臉莫名其妙地反問，對他而言這是不需要思考的事。

他沒空理會對方呆滯的反應，現在首要目標是離開這裡，他原本打算去找尤里西斯剛剛選的棺材，但他發現傳送陣消失了。這代表目的地的傳送點已經毀損，除此之外，這房間的門扉也被碎石擋住了，從裡面根本推不開。

此時，其中一個傳送陣炸了開來，純白的火星四濺，在場所有半吸血鬼全被燙得哀哀叫。

伊凡召喚一場冰風暴撲滅火勢，前有爆炸傳送陣，後有堵住的門，地下領民們手忙腳亂地封住棺材，有幾個人還絕望地哭了。

「我們是不是要死在這裡了……」

「現在說放棄還太早了，我都沒放棄了！」

彷彿是為了證明他的話，門口傳來碎石崩塌的聲音，封死的木門竟打開了。

「總算找到你了。」

一名笑得英俊爽朗的吸血鬼站在門外，身旁一片塵土飛揚。

「我正想說你跑到哪裡去，就感知到你的結界了。怎麼躲在這裡啊？」

地下領民們目瞪口呆，伊凡則笑容燦爛地上前給自家竹馬一個擁抱。

「我就知道你還在附近，你可真是好身手啊，繞著繞著還真讓你躲過那對吸血鬼主僕了。」

「其實也不算，我發現自己好像打不過那兩人，所以就先逃跑了，哈哈，那兩人找不到我，正好樓上又傳來動靜，就先折返了。不過怎麼回事啊，樓上是誰在打架？」阿德曼摸了摸下巴，仍在狀況外。「歐米爾醒了嗎？這股魔力好熟悉啊，好久沒有這種麻麻癢癢的感覺了。」

聽到這番話，歐米爾的追隨者們嚇傻了，他們的靈魂都快被吸乾了，這人卻只覺得麻癢。

「別廢話了，先離開這裡。」伊凡把他推向通往收藏室的方向。「幫忙建個結界，我擋不住歐米爾的魔法，我的劍等等要拿來殺吸血鬼。」

「這些人又是怎麼回事啊？不是只有一個人嗎，怎麼又多了快十人？會增生是不是？」

「等等再說，再不離開這裡我們就要被活埋了！」

阿德曼一派輕鬆地將所有人裹入他的結界裡，換個話題繼續嘮叨。一場逃生行動被他搞得像戶外郊遊，吸血鬼推開暗門，地下領民們連滾帶爬地逃離地底，抱著彼此歡呼哭泣。

「好了，要哭等跑到屋外再哭，現在還——」伊凡忙著指揮帶隊，他話說到一半，感覺到一股莫名注視。

伊凡回眸一望，與那對泛紅的藍眼視線交纏。

吸血鬼看了看天花板，又看了看自家血奴。

「你怎麼在這裡？那現在在跟歐米爾打架的難道是——」

他的話一樣沒說完，這次被尤里西斯抱住。

十幾雙眼睛盯著他們，讓伊凡產生一抹公開處刑的錯覺。

「你、你幹嘛？這裡還有人……」伊凡本想推開他，但他發覺尤里西斯竟然在顫抖。

那個天塌下來都不怕的聖騎士主角竟然在害怕，這讓伊凡慌了。

「那個吸血鬼對你做了什麼？告訴我，我現在去把他殺了。」

「沒事啊，什麼事都沒有，我只是被他封進棺材裡而已。」伊凡趕緊回抱住他，輕輕撫著聖騎士的背。「後來地下室崩塌，我就跟這群人聯手逃出來了。」

尤里西斯微微鬆開他，眼睛仍濕潤潤的。「真的嗎？可他說已經太遲了……」

「喲！這麼擔心就給我咬一口啊，我是鮮血鑑賞家，嘗一口就知道發生什麼事了！」阿德曼大聲打斷無視旁人的小情侶。

伊凡愣了愣，耳根子都紅了，他用力推開尤里西斯，連連咳了好幾聲。

「阿德曼，拜託你先帶這群人離開這裡，我跟尤里還有事要辦。」

阿德曼雖然想留下來，但這群血奴的眼神太過閃亮了，像一群濕淋淋的流浪狗，讓他難以拒絕。

「那你最好快點辦完，別讓這場火燒穿了蓋布爾家的財庫。」

「知道了。」伊凡哭笑不得。「這些人就拜託你了。」

「艾路狄公子，我也要留下！」暗魔法師慌亂地跪在地上。「加雷特少爺還在這裡吧？我、我要去跟歐米爾少爺求情，順便把他帶走。」

「你幫不了什麼忙的，先走吧。」

「我的老師會保護他的。他會保護所有人。」尤里西斯給予承諾。

暗魔法師沉默了一下，不情願地承認自己在這裡只會礙事，眼前是吸血鬼與聖騎士的戰場，他插不了手。

在剩下的領民全都跟著阿德曼離開這裡後，伊凡與尤里西斯面面相覷，立即前往目的地。

此時此刻，吸血鬼的瘴氣充斥整座宅邸，且有擴散開來的跡象。汙濁之氣將宅邸包裹其中，那些潛伏在宅邸裡的幽靈受到影響，化為一頭抓狂的野獸，在屋子裡肆意破壞，整棟宅邸變成一座人間煉獄。

這情景就連經驗豐富的聖騎士也沒看過，尤里西斯向伊凡借來光之劍，他用投標槍的姿勢朝宅邸上空射出光之劍。

「轟隆」一響，天降驚雷，打碎了搖搖欲墜的幻影結界。整個蓋布爾領地暴露於世人眼中，一道直衝天際的光柱插在蓋布爾宅邸的屋頂上，將所有罪惡曝於太陽神的光輝下。

「這是在幹什麼？」伊凡睜大眼睛，又是一個他沒看過的絕招。

「請求支援。」尤里西斯解釋。「這是最高等級的警告，需要大神官和聖騎士長來處理。」

「你不就是聖騎士長嗎？」

「人越多越好，對付這種怪物打群架最快。」尤里西斯面不改色地說，他已經被賈克森帶壞了，騎士精神是什麼？能吃嗎？只要能贏就好了。

兩人前往蓋布爾家主的書房，如今宅邸二樓已然陷入一片火海，象徵生命的聖火與帶來死亡的瘴氣互相纏鬥，一不小心便碰撞出爆炸，現場像是被人放了煙火一樣，閃爍而致命。

尤里西斯將伊凡包進自己的結界裡，他們來到被火舌吞噬的書房，裡面傳來吵架聲。

「你打量我哥就好了，何必對他趕盡殺絕！」

「拜託都到這種地步了你還想饒他一命？他都要毀掉整個領地了！」

「歐米爾，哥！我知道你很生我的氣，但是這裡是我們的家園，你要是毀了，我們就什麼都沒有了！」

「怎麼會什麼都沒有呢？」歐米爾興奮地攤開雙手，很明顯是瘋了。「這片領地早該來個大整頓了，反正領民死了還能化為鬼魂為我所用，屋子也是遲早要拆掉的，這麼好的地點不拿來規劃成商業區太可惜了。」

接二連三被拒絕讓純血吸血鬼崩潰了。他之所以能免疫加雷特的能力，就是因為他根本無法與人共情，看見別人生氣或哭泣只想笑，所以加雷特的能力對他來說挺舒服的，每次都讓他很開心。

但現在所有人都不如他願，歐米爾感到惱火了。他的怒火被加雷特的能力推波助瀾，吞噬了理智。

是啊，他早就想這麼做了。這裡的一草一木都十分礙眼，領地住了一堆連呼吸都嫌浪費的居民，要是他的祖先早早歸順於奧斯曼王國，這裡早就成為繁華的貴族住宅區或商業區了。可這裡的吸血鬼各個都是些守舊的老古板，說什麼也不願意合作。

他本想著走一步算一步，但那場森林大火改變了他的想法。

在大自然的力量前，連純血吸血鬼也顯得渺小無比。那只要他摧毀這些太陽月亮與森林就好了，他要把附著於這片土地的神祉全都趕到角落，他是黑夜的帝王，理當統治一切。

一道聖光斬劈過來，中斷吸血鬼的施法，劈開脆弱的牆面。

書房東側的外牆倒塌，刺骨的風雪惡狠狠地闖了進來，將所見之物凍上一層冰霜。

「老師！」尤里西斯站到賈克森身旁，與他一同持劍指向吸血鬼。

「跑去哪裡摸魚了？要你支援我，你給我跑去救人是不是？」賈克森看都懶得看一眼，嘴角勾起上揚的弧度。

一口腥甜湧上，賈克森咳出一攤鮮紅，又裝做什麼都沒發生似的抹去唇邊的血液。

「老師，收回你的聖火吧，你現在的身體不適合用神聖魔法。」

賈克森哼一聲，無數白色星火轉瞬熄滅。

尤里西斯說的沒錯，他現在是一個轉化後的吸血鬼了，使用太陽神的魔法就像在燒火柴一樣，他的身體就是那些火柴，遲早會被燒得一乾二淨。

「那又如何？總比在神殿待到退休還有意思多了。」

另一方面，加雷特看到伊凡走過來，也是板起臉孔。

「怎麼，你是來嘲笑我的嗎？是，我承認是你贏了。我已經沒招能對付你了，所以呢？你想聯合歐米爾一起殺了我嗎？」

「我是來教你重新做鬼的。」伊凡面露得意的笑容，揮了揮手，一道光柱竄入他手中，是光之劍。

「你這領主當得真是爛透了，不僅搞不清楚過冬所需的物資數量，連你家連接了多少密道都沒搞清楚，你這領主怕是當假的。」

「謝謝誇獎，大雜種。」

「你以為人人都像你一樣從小被當成領主培養嗎？一個小雜種還敢這麼囂張。」

伊凡已經不會再受到影響了，他保持愉快的心情接受加雷特的情緒共振，他的能力跟初代聖女是一樣的，不管是正面還是負面情緒都會被強化。

「我們已經疏散你的領地居民了，他們現在正接受阿德曼的保護，你可是欠他一個人情。還有對我的血奴客氣一點，他也曾是你的領民，你有責任保護他。」

「什麼鬼？」加雷特一臉莫名其妙。

「吸血鬼，」尤里西斯還抽空回頭解釋。「我父母也是蓋布爾領地的居民。」

「怪不得！我就想說你這小子的魔力怎麼會如此強大，原來是你祖先有位吸血鬼。」賈克森恍然大悟。

歐米爾不喜歡遭受冷落，更不喜歡加雷特這副彷彿不再需要他的樣子，他發出怒吼，以閃電般的速度朝加雷特襲去，把他壓制在地。

「你不是一直希望我成為蓋布爾家主嗎！你背叛我！你背叛我——！」

吸血鬼化為一頭野獸，尖牙深深戳入同類的脖頸。加雷特痛苦地瞇起眼，用力推著他的肩膀。

尤里西斯持劍逼他退開，伊凡趁機把加雷特拖走。

一把閃耀著太陽神光輝的長劍從歐米爾的胸口穿透而出，吸血鬼身體一僵，難以置信地緩緩回過頭。

老聖騎士啐了一口血，他一臉無所畏懼的表情，渾身泛著灰燼色的燒傷，將長劍捅得更深。

「愣著幹什麼，還不快殺了他！」賈克森嚴厲地催促尤里西斯。

尤里西斯下不了手，賈克森跟歐米爾貼得太近了，若他使出足以消滅純血吸血鬼的聖光斬，賈克森恐怕也凶多吉少。

驕傲的吸血鬼無法接受自己像隻蝴蝶一樣被人釘住，他用盡全身力量嘶吼，向全世界表達他的憤怒。

他的魔力擴散開來，像一陣夾雜著瘟疫的風，吹向蓋布爾領地的每一個角落。野生動物驚慌地群體逃竄、連蟲子也忍受不了變質的土壤鑽出地面，廢棄村落的居民們痛苦地跪地求饒，森林在哭泣。

但這一次，太陽神不會袖手旁觀，祂的使者們紛紛站出來，召喚聖光驅散汙濁之氣。

蓋布爾家的現任領主則豁出一切，擁抱瘴氣之源。

他的胸腔被利刃刺穿，全身都在燃燒。可儘管如此，依然沒有放開自家兄長。

「我不會背叛你，永遠不會。」加雷特忍著渾身劇痛，以身制住歐米爾的掙扎。他從沒想過要取代歐米爾，然而他的腦海浮現那朵獻給他的黑玫瑰，血奴們身上大大小小的傷口，還有擔任領主時的點點滴滴。

他受過同樣的皮肉之苦，看著他們就像看著過去的自己一樣，那個曾經被父親關在房間的孩子比誰都還了解恐懼的滋味。

那些傷口好不容易結痂，他不想再看到傷口裂開了。

「他們值得更好的生活，歐米爾。」

他們值得，我也值得，誰都不應該因為那一絲罪惡的血脈，遭遇那種事。

「你！」

「但我不會離開你的。我答應過要站在你身邊，你是我缺失的一部分。」

加雷特忍著眼眶的酸澀說道。

「……」歐米爾沉默了。

失去主人的影子無法獨自存活，失去影子的主人又何嘗不是如此呢？他根本無法想像加雷特離開他，發展自己的人生。

如果連加雷特都否定他，歐米爾也會變得支離破碎。失去了影子的人怎能還算活著？

「加雷特！」伊凡驚慌地想把他拉回來，但被加雷特用力推開。

「別管我，這是我身為蓋布爾領主的責任。」直到最後，加雷特依舊是那副囂張的表情。「這世界糟糕透頂，毀滅也無所謂，唯獨我蓋布爾領地不行。」

「你……」

「我可是蓋布爾家的吸血鬼領主，伊凡。我們家沒有妥協這個詞，一邊是我的哥哥，一邊是我的領地，我兩邊都不會捨棄，所以你要砍就砍過來吧。」

伊凡備感焦急，他努力思考有沒有能救加雷特的方法，然而加雷特的態度十分堅決，這件事從一開始就註定是個悲劇。

加雷特會不了解歐米爾怎麼想嗎？他早就知道歐米爾只把他當成隨時可以拋棄的棋子，連這虛假的關心，他也當成浮木般緊緊抓住。

他是真心愛著這位兄長，卻也捨棄不了領主的職責，不論捨棄哪一邊，都會讓加雷特崩潰。

伊凡閉了閉眼，無力地開口了。

「……你真是個討厭的人。」

「謝謝，我也很討厭你。」加雷特第一次對他笑了。「蓋布爾領地就交給你們了。」

「滾吧，不是所有人都喜歡幸福快樂地過一輩子，這種陰暗又壯烈的人生才適合我們。」賈克森點了點頭，與加雷特相視而笑。

伊凡跟尤里西斯互看一眼，最後伊凡點點頭，躲到牆壁後方，聖騎士深吸一口氣，朝光之劍伸出了手。

光之劍飛入他的掌心，化為一把燃燒著熊熊聖火的長劍。

尤里西斯高舉長劍。

這一劍劃破長夜，終結了蓋布爾家漫長的統治。

所有的悲傷與淚水化為點點白色星光，宛若雪花一般降臨整座森林。

伊凡從陰影處走出來，望著夜空裡的盈盈白雪。

就如尤里西斯說的，只要活著，就永遠不會迎來結局。

但，那對吸血鬼兄弟還有前任聖騎士長的故事結束了。

伊凡希望他們喜歡自己的結局，他唯一能做的，就是代替他們讓這裡的居民邁向更好的人生。

Chapter.8 太陽領主

那一夜過後，千年來一直藏在迷霧裡的吸血鬼領地終於揭開神祕的面紗，開闊了人們的視野。

神殿的大神官和出差的聖女紛紛趕到蓋布爾領地，一踏進來便被這裡濃厚的死靈氣息嚇到了。神殿緊急召開會議，特別召回留職停薪中的聖騎士長，連夜討論對吸血鬼領地的處置。

透過人在現場的聖騎士長，眾人終於了解一切的來龍去脈。原來失蹤的前聖騎士長跑到蓋布爾領地臥底去了，為了拯救蓋布爾領地，他主動投身於黑暗，卻不幸在最後一刻壯烈犧牲。

此事公開後，世人震驚，舉國哀弔。人們紛紛整理起賈克森在世時的豐功偉業，並自發性地聚集在神殿外，獻花表達對他的感謝。從古至今從未有人成功殺死吸血鬼領主，而賈克森做到了。

老聖騎士長最終仍是得償所願，死得轟轟烈烈，在歷史上留下自己的名字。

與之一同留下名字的是他的徒弟——現任聖騎士長尤里西斯。

然而尤里西斯很低調，他謙虛地表示一切都是老師的功勞，也沒有接受國王的賞賜，其高潔的品格讓他的聲望提升，舉國上下都希望他早日回歸，但尤里西斯以養傷為由，表示短時間內沒有回神殿的打算。

漫長的冬季終將結束，春天悄悄地來臨了。在初春的嫩芽抖落身上的雪水時，尤里西斯終於回來了。

那一天，舉國歡慶，幾乎是全城的居民都湧入神殿，大街小巷洋溢著明快的氛圍。人們歌頌著聖騎士的名字，也感謝他跟前任聖騎士長的付出。

他們是真正的太陽，即使身陷於黑暗中，依然堅持發光，為人們帶來希望。

「謝謝大家的關心，我回來了。」

神聖的殿堂裡，尤里西斯向大家點頭致意。聖騎士們給他最熱烈的聲援，信徒們高聲歡呼，三位太陽樞機坐在臺下，頻頻點頭表達支持，王族發言人的聖女和公主則坐在一起，笑著為他鼓掌。

「如你們所猜測，在我養傷期間，是艾路狄領主接納了我。艾路狄領地擁有全國最優秀的醫生，大家最熟悉的曼德拉草也是艾路狄家培育的。這個家族擁有一支優秀的醫療團隊，其團隊領導者名為萊特‧艾路狄。」

聽到這番話，眾人議論紛紛。

「萊特是我知道的那個萊特嗎？」

「我就知道他還活著！」

「啊啊啊！萊特殿下！」

尤里西斯靜默一陣，待騷動過去後，再度開口。

「在我短暫居於艾路狄領地時，我跟三位吸血鬼家族的家主都有接觸，並深入了解了他們的想法。他們對人類並沒有敵意，只是擔心領地被侵犯，所以才與人類保持距離。只要我們願意保障他們的權益，他們很樂意歸順奧斯曼王國。」

這番話猶如一個震撼彈，現場炸開了鍋，記者們雙眼發亮地撰寫報導，貴族們吃驚到合不攏嘴，平民們則為他獻上最熱烈的喝采。

「而大家最關心的蓋布爾領地目前也已經找到新領主，那就是我。」

「啊？」

現場的信徒們一臉呆滯。

「蓋布爾家的兩位吸血鬼公子皆已離開人世，經過多方討論，決定由我接手蓋布爾家的領地。因為我出生於蓋布爾領地，我的父母曾為蓋布爾家工作，我的祖先八成也是吸血鬼，我曾經在許多人的幫助下逃出領地，展開新的人生。現在換我來守護他們了。」

也就是說，這位萬人景仰的聖騎士長也是個半吸血鬼。

而眾人在一無所知的情況下承認他的品格，這個事實讓很多人都反應不過來。

現場一片鴉雀無聲。

下一刻，一道響亮的掌聲劃破沉默。

只見晨曦樞機用力地鼓起掌，雙眸還泛著淚光，公主和聖女跟著鼓掌表達支持。白日樞機嘆息一聲，跟著照做。黃昏樞機難得地笑出聲，跟著加入鼓掌的行列。

許多同樣是混血的信徒則激動地熱淚盈眶，為了藏起吸血鬼的一面，他們一直過著如履薄冰的生活，如今尤里西斯大方率先表態的行為猶如一盞燈火，點亮這些混血種族的希望。

「不管你是人類還是吸血鬼都支持你！」

「你仍是我們的聖騎士長，這點永遠不變！」

儘管現場仍出現質疑或謾罵聲，但這一次，親吸血鬼派的信徒們紛紛站出來，努力蓋過那些聲音。

這些吸血鬼家族已經證明他們是奧斯曼不可或缺的一份子了。

尤里西斯忙了一整天，總算將工作告一段落。待他離開神殿時，天都已經黑了。

被濃墨夜色掩蓋的森林掠過一道白色流星。聖騎士騎著白色駿馬，在樹林間隨風奔馳。此起彼落的狼嚎聲從四周傳來。野狼們叢樹林間冒出，在月光下與他狂奔同行。

盤旋於上空的烏鴉朝他俯衝而去，淘氣地發出惱人的叫聲引起他注意。一群蝙蝠則從他身旁掠過，往蓋布爾宅邸飛去。幽靈們躲在陰暗處，充滿渴望地朝他伸出了手。小動物們從窩裡探出頭，向他獻上美妙的歌喉，銜來春日的讚禮。

他是這座森林的新守護者。

這裡的每一株植物、土壤、生靈、死者……都臣服於他，他是一顆炙熱的太陽，照亮領地每一個角落。

許多貴族眼紅尤里西斯繼承了一片歷史悠久的莊園，每當聽到這些流言蜚語，尤里西斯就很想邀請這些人來住個幾天，隨處可見的碎石瓦礫還有一堆尚未挖掘的隱藏通道和密室，每天都會發現新的屍體或是有地縛靈來抗議，尤里西斯光想就覺得很頭痛。

短時間內是不可能解決的，更別提還有那些骯髒的生意和廢棄許久的礦坑要處理。所幸有很多人對他伸出援手，薩托奇斯加的領主派了些農民來幫忙翻土，公主派了一批建築師團隊來幫忙重建宅邸，晨曦樞機更是親自來幫他驅魔，他的領地沒有結界，任何人都可以進出，現在可說是相當熱鬧。

「尤里西斯大人！」一名蓋布爾居民怯生生地向他搭話。「那個，花園今天弄好了，只是只是……現在天氣還有點冷，能種的花朵不多……」

「沒事，這本來就是沒辦法的事，這裡的土壤較為貧瘠，不好種植。」

居民愣了愣，眼睛逐漸泛紅。

「嗯……確實是如此呢。」

這裡的居民似乎都有某種程度的創傷，或是不習慣被人如此溫柔地對待，他們還在適應新的人生，尤里西斯也想幫助他們找回自我價值。

「你叫巴尼是吧？我記得你是這裡的園丁，你有看到曼德拉草了嗎？」尤里西斯走向花園，名叫巴尼的園丁急忙跟上。

「有、有的！只是……他們好會哭啊……」

「那就跟他們一起哭吧，反正沒人分得出來。」

「您真是愛說笑，要是這笑話傳開，每天都能聽到曼德拉草的哭聲了。」

「那也不錯。」尤里西斯站在精心打裡的小花園，滿意地點了點頭。

空氣中瀰漫著淡雅的玫瑰芳香，幾滴露珠從藍玫瑰的花瓣滑落，染濕了土壤。

「我偶爾也會有想哭的時候，我以前會覺得自己不該有這種情緒，總是悶在心裡，但我現在會適時地宣洩出來，這反而讓我變得更堅強。」尤里西斯接住藍玫瑰落下的水珠，嘴角泛著溫柔的弧度。

「您、您的意思是……您也會跟著曼德拉草一起哭？」

「不，我會找一個人，埋進他懷裡，好好哭一場。」

巴尼呆呆地看著這位人高馬大的聖騎士，很難想像這個畫面。

「你這麼高，誰有辦法讓你埋進懷裡啊？」一個泛著笑意的悅耳嗓音從身後傳來。

尤里西斯回過頭，他心愛的吸血鬼映入眼簾。清冷的月光為吸血鬼的白髮鍍了一層光，一旁綻放的藍玫瑰襯托了他的優雅，伊凡漾著令尤里西斯心動不已的笑容，身旁還跟著一位黑袍魔法師。

他抱著一顆曼德拉草，這顆小曼德拉草明明被拔出土了，頭頂也被剪得光禿禿的，可仍安靜地窩在吸血鬼懷裡，這讓尤里西斯感到很不可思議。

明明剛說要塞進土裡才會安靜就馬上被打臉了，可儘管如此，尤里西斯一點也不在意。

「你說呢？」他的嘴角勾起甜蜜的弧度，快步上前迎接，卻被伊凡伸手制止。

「噓，別動。這孩子以為自己還在土裡呢。」

「是啊，好不容易才騙過他們。」他們的暗魔法師點點頭，他的左右手各抱一顆被黑霧籠罩的曼德拉草，臉跟手都沾滿了泥巴，一對眼睛相當紅腫。

尤里西斯相信往後他的領地內會天天都有曼德拉草在哭泣，有可能會哭一陣子，也有可能會哭一輩子，畢竟活著本來就是一件令人想哭的事。

「咦？巴尼，原來你在這裡啊。」伊凡將手中的小曼德拉草遞給巴尼，「這隻就交給你了，等等歐斯會教你如何為曼德拉草移盆。」

巴尼手忙腳亂地接過曼德拉草。「伊凡少爺，不是人人都有辦法用暗魔法移盆的。」

伊凡說完，還刻意瞄了尤里西斯一眼，兩人相視而笑。見此，兩位居民也識相地結伴去種曼德拉草，這宅邸沒人不知道領主的心思。

「回去上班第一天還好嗎？」

尤里西斯彎下身子，下巴放在吸血鬼的肩窩上。「很累。」

這幾天他幾乎都跟伊凡待在一起，他們一起經營艾路狄家的事業，管理蓋布爾領地，幾乎形影不離。如今回到太陽神殿，尤里西斯反而不習慣了。

如果沒有伊凡幫忙管理領地，尤里西斯肯定不會回去，這塊領地有太多需要處理的事，他也放不下這裡的居民。這些血奴們對外界感到陌生而恐懼，也還沒從過往的陰影中走出來，他們有很長一段路要走，為了讓這塊領地恢復生氣，貝莉安也搬來這裡，每天都忙得見不著人影。

「等丹尼斯可以獨當一面後，我就要辭職了。」王城有太陽神殿守護，但蓋布爾領地只有他。他是聖騎士，負責走在前方，劈開黑暗，引領人們走向光明。所以不論是當太陽騎士長還是吸血鬼領主，他做的事都不會改變。

「這塊領地已經埋沒在黑暗中太久，是時候迎來黎明了。」

「沒問題的，因為這裡的領主是你啊。」伊凡輕撫他的臉頰，眼裡映滿了陽光。

「不，是因為你改變了所有人的結局。」若沒有伊凡，他可能會被歐米爾欺騙，也會被那些接踵而來的悲劇壓垮，多虧了伊凡，那些事都沒發生。那雙溫柔而堅定的雙眼帶他看清了真相。

「你太誇張了。」伊凡嘴上這麼說，心裡其實很開心。他下意識地摸了摸光之劍耳墜，光之劍透過微風捎來一絲春日的氣息，彷彿在告訴他苦難已過。

吸血鬼帝王的故事已經結束，但伊凡的故事仍未結束，就如尤里西斯所說的，只要他還活著，故事永遠不會迎來結局。

伊凡的嘴角微微上揚，他閉上眼睛，仰頭輕輕吻上聖騎士的雙唇，每一次跟尤里西斯接吻，他都有種心臟要跳出來的感覺。

聖騎士的吻真誠而熱烈，還帶著隱約的侵略感，就像現在，聖騎士的舌頭舔過他的唇瓣，試圖撬開他的齒縫，一開始伊凡還咬著牙抵抗，可尤里西斯竟伸手按住他的下顎，舌頭靈巧地鑽了進來，掠奪他的呼吸，舔過敏感的上顎。

伊凡輕輕一顫，雙手抵著對方厚實的胸膛，試圖拉開距離，卻被按住後頸，只能承受聖騎士那熱烈纏綿的親吻。

藍玫瑰花園一角傳來斷斷續續的水聲，任誰一聽都知道有人在這裡幽會，且情到深處時，不時傳來壓抑的喘息聲。

伊凡感覺一抹熱度往下腹集結，他趕緊在失控前推開尤里西斯，想裝沒事，卻被聖騎士正面抱起。

伊凡嚇了一跳，趕緊伸手攬住對方。這個姿勢令他有點羞赧，他必須像樹懶一樣掛在對方身上，否則就會摔下來。

「你不是問我，這麼高要怎麼埋在別人懷裡嗎？」尤里西斯藉機埋到他的懷裡。

伊凡拿他沒辦法，只能無奈地摸摸他的頭。

他又能說什麼呢？人是他寵出來的。

他們回到尤里西斯的新臥室，一關上房門，聖騎士便把他困在自己的兩臂間，給予甜膩的深吻。

伊凡迷迷糊糊地想起那個縱欲的夜晚，他嘗到了歡愉的滋味，濃稠的望撒得到處都是。

在正式交往後，他們又陸續進行了數次性行為，每一次都沒有做到最後，但每一次都讓伊凡越發沉淪。

只是愛撫與磨蹭就已經如此舒服，若真的插進去會如何呢？伊凡不敢想像，但僅僅是熱吻，他的身體便有了感覺，一股熱度往下腹集結。

「你可以吃了我嗎？」

尤里西斯在親吻換氣的片刻，朝伊凡遞出了禁果「我想被你品嘗，我保證我會很好吃的……」

伊凡聽得耳根發熱，他偏過頭，一個吻落在他的頸子上。

「我、我不曉得要怎麼做，」他尷尬地摸摸鼻子，「我該在上面還是下面？後面要用什麼潤滑？有沒有可能進不去？畢竟那地方本來就不是拿來這樣用的……」

聽到他已經想了這麼多，尤里西斯忍不住莞爾。

「還有就是……」他的聲音越來越小。

「就是什麼？」

「會痛嗎？」

聽到他氣音般的音量，還有這可愛的問題，尤里西斯笑出聲。

「交給我就好。」他溫柔地替伊凡解開袖口。「可能會有點痛，我會盡量溫柔一點的。我們一步一步來，好嗎？」

伊凡點點頭。「那我……我先去洗——」

「等等再一起去。」尤里西斯脫下他的黑紅披風和背心，一一在櫃子上放好，再幫他解開襯衫衣釦，就像日常幫他更衣那樣。

這熟悉的日常讓伊凡感到安心不少，直到尤里西斯悄悄撩開完全敞開的襯衫，長著薄繭的雙手輕輕撫過雪白的胸膛，然後一口含住胸前的紅果。

「你幹嘛！」伊凡嚇一大跳，他雙手抵住尤里西斯的肩頭，想推開，卻又難耐地揪住對方。

吸血鬼的肌膚十分白皙，胸前兩點也是粉嫩的顏色，聖騎士早已對這兩顆禁果肖想許久，如今終於可以盡情品嘗這兩顆誘人的果實。他一把將伊凡撈進懷裡，低頭舔弄其中一顆，另一隻手也沒閒著，輕輕揉捏起另一顆。

吸血鬼咬著下唇，唇齒間傳來細微的哼聲。

兩邊紅果被舔得濕潤無比，彷彿輕輕一吸就能嘗到甜美的果蜜。

「不要……一直舔那裡……」

「可是很好吃，很甜。」尤里西斯用力吸了一口，吸血鬼發出一聲難耐的哀鳴。「不舒服嗎？」

伊凡既想搖頭，也想點頭。他被聖騎士打橫抱起，輕輕放到了床上。

說好要給吸血鬼品嘗，可真的上了床，卻反過來了。尤里西斯一口咬住伊凡的脖頸，就算吸不出血，也要留下嫩紅的痕跡。

如今伊凡的身體不再像以前那般纖弱，他長期吸取品質良好的血液，體格好了不少，能看見薄薄的肌肉線條，腰側的人魚線沒入褲子裡。看著平日穿著嚴實帶有禁欲感的伊凡如今頭髮散亂，雙眼濕潤而臉色潮紅，衣衫不整地躺在床上仰望他的樣子，就如尤里西斯作了無數次的夢，令他心癢難耐又有異樣的滿足感。

這是他親手餵養的吸血鬼。

聖騎士感到無與倫比的成就感，他的血液在吸血鬼的體內流淌，輕輕一咬，就能流出汁液，在白色的床單留下豔紅的痕跡。尤里西斯跪坐在床上，脫去上衣，展露一身健康飽滿的肌肉。

躺在床上的吸血鬼已經開始意識到自己才是被品嘗的那個，然而已經太晚了。他被抓住腳踝，脫去紅色長襪。

聖騎士露骨地打量他的裸足，這雙腳平日包覆得緊緊的，半點肌膚也露不得。如今吸血鬼落入他的魔掌，腳踝被他握在掌心，褲管被撩上去，伊凡的腿太過潔白，摸起來滑順柔軟，讓人很想親一口。

「喂！」伊凡嚇到從床上彈起來，難以置信地瞪著尤里西斯。

這個變態居然吻了他的腳趾！瘋了嗎？伊凡感覺價值觀受到衝擊了，他還來不及阻止，腳底板便被舔了一下，強烈的搔癢感伴隨著微妙的感覺直衝大腦，伊凡被這個變態行為嚇壞了。

「不准舔！那裡很髒！」他驚慌失措地想縮回腳，但尤里西斯不讓。

「可是我很喜歡你的腳。」尤里西斯仍抓著他的腳踝，手法輕佻地捏著他的腳。「不然這樣做，好嗎？」

他將伊凡的腳放到自己的兩腿之間，腳趾隔著什麼也遮蓋不了的布料踩上半勃的性器。「你踩著我，我就不舔腳了。」

「你……你……」伊凡結結巴巴的，整張臉都紅透了，他很想罵人，卻找不到適合的髒話。「你這個流氓、下流、變態……」

尤里西斯一手拉開褲檔，一手抓著伊凡的腳，挪到他舒服的位置。在腳趾碰到微濕的馬眼時，尤里西斯舒服地發出嘆息。

「請你懲罰眼前的變態吧。」尤里西斯的聲音充滿渴望。「他冒犯了你，得讓他長長記性，不然他下次還敢。」

「你敢！」伊凡一個動怒，真的踩了上去。

但為什麼啊？那地方被踩了肯定會不舒服吧？為什麼尤里西斯的表情看起來更陶醉了？《吸血鬼帝王》為什麼沒有描寫他這一面？要是他知道尤里西斯是個足控，肯定不會在他面前赤腳。

「好棒……你好會踩。」

腳趾在他的性器頭冠上輾來輾去，然後被他挪到下方，踩上沉甸甸的陰囊。

尤里西斯發出低沉的喘息，他的下面已經完全硬了。

「可以了嗎？」明明踩的人是自己，伊凡卻有種強烈的被猥褻感，原來遇到變態是如此無助，他心想。

兩個腳底板夾住粗大的柱身，像手一樣上下套弄，腳趾沾到透明的液體，再抹到柱身上，又繼續踩踏、輾壓，不出一會兒，他的腳跟那把巨劍都變得又濕又黏，摩擦時的水聲令他渾身發燙。

「伊凡，你硬了。」

聖騎士露骨地盯著他腿間的黑色小帳篷。

「原來你也喜歡嗎？有感覺嗎？」

「沒有！你不要亂講！」

尤里西斯笑了一下，沒有反駁。他放過伊凡的腳，轉而將手伸向伊凡的褲檔，替他解開皮釦，脫去褲子。

「躺著會比較舒服，來。」尤里西斯貼心地引導伊凡躺下，還在他的後腦枕了個軟墊。

吸血鬼緊張地抓著他的手，忐忑不安地開口：「要、要來真的了嗎？我還沒……還沒準備……我看我還是先去——」

「好的，」尤里西斯笑意漸深，直接打斷他。「我會讓你先去的。」

「啊？什麼——」他的話被一陣驚喘吞沒。

尤里西斯很喜歡他的性器，形狀漂亮、大小正好，可以讓他整根含進嘴裡。

「不要，啊，那、那裡……髒……」

吸血鬼被吸得猝不及防，聲音瞬間變了調，帶上一絲哭腔。他的性器被包覆在濕軟的口腔裡，光是一個吸吮，就足以吸走他的靈魂。

快感瞬間纏住全身，打算把他拖入凡間，成為性欲的俘虜。伊凡抵死不從，他揪住床單，緊咬下脣，試圖壓抑快感。

身下傳來嘖嘖的水聲，性器流出的液體與聖騎士的唾液混在一起，從聖騎士的脣邊溢出，流到了陰囊和會陰處。尤里西斯在尋找他的敏感點，他一邊套弄著伊凡的性器，一邊舔過敏感的冠溝和冠頂，吸血鬼的身體太過誠實，每當舔到點上，那根濕漉漉的性器就會猛然一抖，吐出更多汁液。

尤里西斯非常享受這個過程，他想看伊凡墮落，想讓他在沒有他的夜晚時，也會掏出自己的性器，想著他直到射精。

「停下……我快……」伊凡抓住他的頭，試圖把他推開，但尤里西斯不肯，他變本加厲地按住吸血鬼的屁股，吃得嘖嘖作響，滿房間都是偷食禁果的聲音。

「啊、啊……」伊凡的眼眶蓄滿淚水，他能感覺到聖騎士的手指正色情地掐他的臀肉，越是躲避，揉得越大力，含得越深。

他在掙扎中攀上高潮，欲望狠狠擠壓他的性器，噴出白色的汁液。

聖騎士的喉結滾了滾，將之全數吞入喉嚨，這個吸取的動作又延長了伊凡的高潮，他的身體抖了抖，感覺全身都被吸乾了。

伊凡氣喘吁吁，他半撐起身子，發覺尤里西斯不知何時也射了，如此毫無道理，讓他渾身無力。

「你不會吞下去了吧……」伊凡捧住自家血奴的臉晃了晃，試圖逼他吐出來。

「平時都是你吸我，偶爾也該反過來。」

「你吸的跟我吸的是同一種東西嗎！到底在說什麼?!」

面對伊凡的質問，尤里西斯好像沒聽到一樣，自顧自地幫他脫下衣服，褪去褲子，接著自己也脫個精光，伸長了手拉開床頭櫃抽屜，取出一個精緻的玻璃小瓶子。

「那是什麼？」伊凡緊張抓起棉被，遮住身體。他其實知道那是什麼，只是想到尤里西斯要使用它，一切就變得很猥瑣。

「先擴張一下，等等進去才不會痛。」尤里西斯試圖搶走被子。

「我們都已經射了不是嗎？下次再說吧。」伊凡不肯放手。

「可是我還硬著。」尤里西斯乾脆把他翻過來，背面朝上。

「你是有什麼問題?!」伊凡回頭罵了一句，他的屁股被抬起來，形成抱著被褥跪趴的姿勢。

這讓他覺得很羞恥，他自暴自棄地埋進被子裡。他理智上是想反抗的，但心理上卻做不到，因為剛剛實在太舒服了，那種彷彿連靈魂都被吸走般的快感，至今仍殘留在他的指尖。

聖騎士的目光如蛇一般纏繞在那對粉白的圓臀上，那觸感光滑細嫩，像是兩顆成熟的果實，輕輕一掐就能擠出汁液。

他從瓶子倒出潤滑用的液體，液體散發著淡淡的香氣，也有滋潤肌膚的效果，是他精挑細選的高級品。他其實還有其他口味的潤滑液，目前被他藏了起來，不然他的吸血鬼看了一定會把它們扔掉。

沾滿蜜液的指尖按在皺褶上，畫圈輾磨，他撫摸吸血鬼微微僵硬的背脊，溫聲安撫：「別怕……要是不喜歡，你隨時可以喊停。」

但真的有辦法喊停嗎？

尤里西斯嘴角勾著淺淺的弧度，他知道伊凡開始淪陷了。

他的食指伸進緊閉的穴口裡，柔軟的穴肉緊緊包覆著他的手指，像是捨不得他離開。

尤里西斯著迷地探索，汁液在抽插間被帶出來，滴落在床單上。他的指腹在溫熱柔軟的通道裡蹭到一個有點硬的凸起，他好奇地朝那裡按壓，聽到一陣柔軟的呻吟。

原來在這裡。

尤里西斯抽出食指，他的食指跟中指併攏，鑽進濕潤的縫隙，對著那處戳了好幾下。身下的吸血鬼再也無法保持冷靜。

「等、等一下，那個位置……」

「舒服嗎？」

與方才截然不同的快感猛然襲來，第一次嘗到這等滋味的吸血鬼震驚了。他被欲望拖到了人間，狠狠摔在地上，如此狼狽，卻舒服到令他泛淚。

這種逐漸失控的快感令他感到害怕，伊凡向後抓住自家血奴的手，用那對濕漉漉的眼眸懇求：

「別弄了，直接進來……」

他本想速戰速決，這樣一講反倒成了導火線。他看見尤里西斯的眼神變了。

尤里西斯將他翻過來，正面躺在床上，他抱著吸血鬼的圓臀，那根紅得發紫的性器猶如一隻誘人墮落的蛇，冠頂在穴口摩擦，像蛇信子一般，舔濕他的穴口。

伊凡受不了了。他渴望與尤里西斯共食禁果，一同囚禁於欲望的牢籠。

「快點……你就一口氣進來，別在那邊——」

剩餘的話被一聲驚喘取代。

狹窄的穴口被狠狠捅開，聖騎士的性器熱燙而強勢，把他的下面塞得又酸又漲，疼得發麻。伊凡從未嘗過如此痛楚，淚水瞬間脫離他的掌控，從眼角滑落。

看到他疼哭的樣子，尤里西斯十分驚慌。

「對不起。我、我現在拔出來！」

「你不要亂動！」

性器在抽出的過程中磨到敏感處，惹得他身體一顫，偏偏尤里西斯好死不死地在那裡停下來，龜頭抵在那塊軟肉上，強烈的刺激讓吸血鬼跺了跺腳，腳趾都蜷縮起來。

「啊啊……」吸血鬼發出哭泣似的哀鳴，身下的性器微微顫抖，流出透明的汁液。

「好舒服……」尤里西斯發出撩人的喘息，逐漸加大抽插的幅度。「你的下面好緊，就快把我夾斷了。」

「你個變態，給我閉嘴……啊、啊！」

「舒服嗎？敏感點在這裡嗎？我該快一點，還是慢一點呢？告訴我吧，吸血鬼哥哥，我還是個新手……」

吸血鬼躺在他身下，泛紅著雙眼狠狠瞪著他，一連串罵人的話全被撞成破碎的聲音，讓聖騎士越發興奮。

他的性器擠在濕潤的腸道裡，每次戳到敏感處，性器便被緊緊夾住吮吸，爽得頭皮發麻。尤里西斯發出滿足的嘆息，忍不住整根抽出來，又狠狠插到底。

他喜歡自家吸血鬼的呻吟，軟軟的，帶著一絲哭腔，像是在懇求他，又像是在斥責他。

「我喜歡你，超級喜歡，喜歡到好想舔遍你的全身、天天跟你上床……」

「你……閉嘴……嗯、啊……」

「你呢？你喜歡我嗎？我還沒聽你說過喜歡呢……」

聖騎士的身體泛起細密的汗，他握住吸血鬼半勃的性器，一邊挺腰一邊上下套弄，果不其然聽到一連串泣不成聲的責罵。

「沒有叫你做的事、你不要、啊、給我……做……嗯——」

「喜不喜歡我，嗯？」

「喜歡、喜歡你！可以了吧——啊……」

「那我的肉棒呢？也喜歡嗎？」

「尤里西斯！」

「我好喜歡你這樣叫我，多喊幾次吧。」尤里西斯抬起吸血鬼的雙腿，放到肩上，側頭輕吻他的小腿。「這樣我才知道我惹你生氣了……」

「你……」

「懲罰我吧，狠狠夾住我，讓我嘗到教訓。」聖騎士的動作越發凶狠，其灼熱的目光快把吸血鬼燒穿。

禁果的汁液噴濺，在床上留下黏膩腥甜的汙跡。激烈的拍打聲迴盪在房間裡，與喘息聲互相纏綿。

伊凡感覺自己墜入欲望的深海，他掙扎著想逃離，可根本做不到，他才剛浮上水面，又被捲進海裡，情欲灌進他的肺腑，強行喚醒已然停止的心臟。

他被欲望浸泡得渾身是汗，酥麻的快感綿延不絕，把他推上了高峰。

伊凡一顫，性器一抖一抖地射出第二波精液。汙濁的液體噴到了他自己的腹部，順著人魚線緩緩滑落。

連射兩次已經讓他渾身疲軟，可聖騎士卻沒放過他，雙手一伸把吸血鬼打撈起來，讓他坐到自己身上。

「沒力了嗎？那就咬我吧，多吸幾口血就有力氣了……」聖騎士的凶器重重地往上一挺，把吸血鬼釘在原地。

像把木樁一下又一下地敲進吸血鬼的心臟一樣，他的性器一次次地捅進吸血鬼的體內，越插越深，達到吸血鬼無法接受的程度。

「不要，我不要了……」伊凡埋在他的肩窩低聲啜泣。

「你可以的，吸一口就好。」

「我沒力氣了……」

「怎會沒力氣？你的下面正緊緊吸著我呢……」

吸血鬼的後穴猛然一緊，差點讓聖騎士繳械投降。

尤里西斯全身都快燒起來了，他讓伊凡勾住自己的脖子，托著他的屁股，直接站了起來。這個姿勢讓吸血鬼吃得更深，前列腺也被擠壓到。伊凡感覺自己要死了，他被聖騎士狠狠插入體內，高高拋起，重重落下，囊袋打在他的屁股上，發出響亮的聲響。

這聲音一巴掌打在他的羞恥心上，弄得伊凡面紅耳赤，好歹他也是年紀較長的哥哥，被這個小他一歲的男人整個抱起，屁股還被拍得啪啪作響，簡直自尊碎了一地。

更可怕的是，他還很喜歡。這個姿勢讓他渾身酥麻，舒服得幾乎喘不過氣。

他被頂得渾身無力，差點抓不住尤里西斯往後倒去。

「咬我，快點……不然你會滑下來的。」

尤里西斯早就預料到這一刻，朝伊凡側頭獻出脖頸。

吸血鬼洩憤似地咬著他的脖頸，聖騎士肩膀一抖，隨後像瘋子一樣拚命抽插，快到穴口的液體都攪出了白沫。

「嗚嗚——」吸血鬼承受不住這般快感，緊緊掐著他的肩膀，留下幾道血痕，尤里西斯被弄得又痛又爽，不管是上面還是下面的嘴都咬得好緊。

尤里西斯被咬射了，他重重一挺，射出大量精液，熱燙的液體灌入濕熱的通道裡，惹得吸血鬼小小痙攣。

他們的身體太過契合，拔出來時，還能聽到啵一聲，白色的汁液從臀縫流出，在地毯上留下難以清理的痕跡。

伊凡連說話的力氣都沒了，要不是尤里西斯緊緊抱著他，他早就從他身上滑下來了。

尤里西斯小心翼翼地抱著自家伴侶走向浴室，他細心地幫半暈過去的吸血鬼清理體內殘留的液體，清洗身體，把人擦乾後又放到床上幫忙按摩。他已經是一個成熟的吸血鬼血奴了，不用吸血鬼提醒就會自己送上門，完事後還幫忙按摩清理，伊凡已經懶得吐槽了，在享受按摩的途中便沉沉睡去。

那天晚上，伊凡作了一個夢。

他夢見自己變成一隻蝴蝶，飛到上輩子的老家陽臺。他已經很久沒有回家了，記得舊家的陽臺堆滿了雜物，可如今陽臺卻種了一堆花花草草，充滿了生氣。

他在這片繽紛柔軟的色彩裡發現一名男孩。

男孩的長相跟江一帆有些相似，但他的眉眼更加銳利，身姿英挺而端正。

男孩坐在小板凳上，一邊觀察著眼前的白色風鈴，一邊低頭寫著暑假作業。

是植物觀察日記。

伊凡也寫過，那時他選擇觀察一株豆芽菜，隨便畫個幾筆、下面寫幾行心得便交差了事，但男孩不同，他觀察得特別仔細，一株柔弱的白色小花被他畫得栩栩如生，觀察記錄寫好寫滿，整頁密密麻麻的文字，用字遣詞完全不符年齡。

「該植物毒性較強，誤食可能會有腹瀉、嘔吐、心臟麻痺等症狀，其花朵與根部……啊啊煩死了！這點空間怎麼夠寫！」男孩氣得把作業摔在地上。「是在小瞧植物是不是！什麼爛作業！」

伊凡哭笑不得，他趁著男孩不注意時，飛到男孩的頭頂上，一同進了屋。

客廳書架上放滿了植物百科全書和醫學相關書籍，牆上掛著兩張全家福，一張是年輕的夫妻抱著一名戴毛帽的男孩，三個人笑得很開心。一張是白髮蒼蒼的老夫妻牽著一名穿戴整齊的男孩，三個人笑得有點僵，看起來都不習慣面帶笑容拍照。

要是蝴蝶會流淚就好了，伊凡心想。他聽到門鎖轉開的聲音，連忙躲到一顆盆栽的枝葉裡。

一對白髮朱顏的夫婦走進屋裡，手上還抱著印有鮮豔色彩的牛皮紙袋。

男孩看見紙袋，雙眸閃閃發光，終於露出了符合這個年紀的孩子該有的笑容。他蹦蹦跳跳地接過紙袋，從裡面拿出剛炸好的薯條。

「你這孩子，只有這點跟你哥一樣。」

看著男孩津津有味吃薯條的樣子，夫婦倆也笑了出來，三個人坐在餐桌前，和樂融融地享用餐點。

伊凡將這副景象深深烙印在腦海裡，隨後拍起翅膀，默默地從陽臺門縫飛走了。

朦朧之中，伊凡聽見有人在呼喊他的名字，他睜開眼睛，與憂心忡忡的聖騎士對上目光。

「你還好嗎？是不是作惡夢了？」

尤里西斯抬手抹去他眼角的淚珠，在他的額頭落下安撫性的吻。

「沒事，只是作了一個幸福到令人流淚的夢。」伊凡勾著淺淺的笑容，窩進自家伴侶的懷裡。

故事總有結束的一天，江一帆的故事已經結束了，但伊凡‧艾路狄的故事仍未結束。在他的故事裡，尤里西斯是另一位主角，反之亦然。

所以，帶著笑容活下去吧。

他們終將放下悲傷，邁向幸福的未來。

〈全文完〉

Afterword 後記

野生的肉食羊駝出現了！

不曉得大家喜不喜歡這一次的故事呢？事實上羊駝是第一次在商業誌開車，第一次開了這麼久的車我也嚇到了，希望大家還喜歡！

如果不看車，尤里還能挽回一些形象，但已經太晚了，說真的我有點慶幸有開車，因為真的是要上車才知道他有多色，他是那種痴漢型的抖M，伊凡都被嚇死了（笑）

在此要謝謝艾利，本來對開車很沒信心，但是艾利一直鼓勵羊駝開車，並表示會幫忙修車，所以羊駝這才大膽地開上高速公路！謝謝艾利回饋開車感想，多次試乘並幫忙修車，也謝謝編輯幫忙校稿讓車車更加完整！

另外恭喜伊凡達成了三個領地都代班過的成就，他現在是資深代班領主了，哪個吸血鬼領主臨時要請假都可以找他代班（欸）

這邊透露一個祕辛，故事裡有一段伊凡玩占卜的劇情，他抽到的牌正是羊駝卡稿抽到的牌，偶爾卡稿時，我會抽張塔羅激發自己的靈感，那時我在思考要如何讓伊凡打敗加雷特，抽到的其中一張牌正是這張名為審判的牌。

我琢磨了好一番，發現這個答案十分有意思，那些從棺材中爬起來的人像極了從棺材中甦醒的吸血鬼，所以我用自己的方式詮釋了這張牌，另一張牌很搞笑，完全不用解讀，就是太陽。

如何打敗吸血鬼？塔羅表示：太陽。

OK，真是謝嘍，你不說我還真不知道陽光可以殺死吸血鬼呢。

順便爆料一下，在丹尼斯發現尤里談戀愛後，神殿出現了一個傳言——愛上吸血鬼是聖騎士長的宿命。

在那之後，每當有聖騎士長迷上吸血鬼，都會用這句話來說服自己。丹尼斯本人也不例外（攤手）

另外我也滿喜歡太陽神殿的三位樞機，如日中天的白日樞機、度日如年的黃昏樞機、告別黑夜的晨曦樞機，伊凡後來分別送了曼德拉草給三位樞機，他送一盆給白日樞機慶祝他退休，送一盆給黃昏樞機要他注意養生，再送兩盆給晨曦樞機讓他放在辦公室，晨曦樞機很喜歡曼德拉草，他後來把辦公室的花都撤掉，改種曼德拉草，每天都堅持要親自澆水。

雖然晨曦樞機在第三集滿多戲份，但為保護晨曦樞機的隱私（？），最後還是決定不公開他的名字，他其實也不只一個名字，領養前跟領養後用的是不同名。大家也不用替賈克森和加雷特擔心，他們都得到了想要的結局。

在寫這個故事時，我也曾經想過，伊凡會不會太過聖父，怎麼總想著要拯救所有人。可我玩了「柏德之門3」，在那個遊戲裡，玩家做的每一個選擇都會影響到故事走向，可以選擇要當拯救世界的善人還是摧毀世界的魔王。遊戲旅途中會遇見很多可愛或煩人的NPC，為了拯救這些人，我總是不斷讀檔，有時候千辛萬苦地打贏BOSS，最終還是讀檔重來，只因為某個NPC沒有救到。

我其實可以直接殺到反派的老巢，打死BOSS完成任務，故事一樣能順利進行，獎賞也不會有所改變，但我沒有選擇這麼做，無數次的嘗試、反覆讀檔，就為了拯救一群毫不相干的人。

那一刻我終於明白了伊凡的心情，對他而言，好結局並不是打贏反派，而是帶著大家一起抵達HE。雖然最後不是所有人都活下來，但至少他已經盡力打出最圓滿的結局了。

歐米爾對我來說是滿有挑戰性的角色，他是天生的反社會人格，毫無共情能力，只有同樣的事發生在自己身上才會感到痛苦。但他永遠不會感到慚愧，他唯一會後悔的就是沒有早點殺掉這個人。他會假扮出好人的模樣，也擅長製造吊橋效應，要情勒蓋布爾領地的居民十分容易。

最後想說，結尾伊凡裡出現的小男孩，就是你們心中猜測的那一位。他跟伊凡一樣，帶著過往的記憶，與新的家人幸福活下去。

大致上就是這樣，謝謝看到這裡的你。

草草泥

高寶書版集團
gobooks.com.tw

FH091
反派吸血鬼的求生哲學3（完）

作　　者　草草泥
插　　畫　阿蟬
編　　輯　陳凱筠
設　　計　林檎
內頁排版　彭立瑋
企　　畫　李欣霓

發 行 人　朱凱蕾
出　　版　朧月書版股份有限公司
Hazy Moon Publishing Co., Ltd
地　　址　臺北市內湖區洲子街88號3樓
網　　址　www.gobooks.com.tw
電　　話　(02) 27992788
電　　郵　readers@gobooks.com.tw（讀者服務部）
傳　　真　出版部 (02) 27990909　行銷部 (02) 27993088
郵政劃撥　19394552
戶　　名　英屬維京群島商高寶國際有限公司台灣分公司
發　　行　英屬維京群島商高寶國際有限公司台灣分公司 / Printed in Taiwan
Global Group Holdings, Ltd.
法律顧問　永然聯合法律事務所
初版日期　2024年11月

國家圖書館出版品預行編目(CIP)資料

反派吸血鬼的求生哲學 / 草草泥著.-- 初版. -- 臺北市
: 朧月書版股份有限公司出版 : 英屬維京群島商高寶國
際有限公司臺灣分公司發行, 2024.11-
面； 公分. --

ISBN 978-626-7362-90-7 (第3冊 : 平裝)

863.57　　113014573

朧月書版

朧月書版

GOBOOKS
& SITAK
GROUP©

GOBOOKS
& SITAK
GROUP©